Albert
et l'argent
du beurre

Pour Guillaume
(on n'a pas assez ri).

Ouvrage publié sous la direction de Marc Villemain.

ISBN : 978-2-37385-197-7
Dépôt légal : janvier 2020
Conception graphique : Sandrine Duvillier

Les Éditions du Sonneur
5, rue Saint-Romain, 75006 Paris
www.editionsdusonneur.com

Albert et l'argent du beurre

Laurent Rivelaygue

Les Éditions du Sonneur

BRUCE GARA LA FORSCHE dans la cour de la maison ajourée. La bâtisse surplombait un parc de belle profondeur, un village provençal tirant sur le jaune et offrait, plus loin, une vue sur la mer qui valait bien les 4,5 points attribués par Trip Advisor. Bruce et Manon sortirent de l'habitacle. Albert, qui possédait tous les attributs d'un fidèle serviteur, s'approcha par petits bonds ancillaires ; Manon se méfiait un peu de lui car il avait tendance à la poursuivre de ses acidités en s'humectant les lèvres.

– Qu'avez-vous préparé pour le dîner, Albert ?, se pourlécha Bruce.

– Des sardines, rétorqua le serviteur.

– J'espère que nous aurons assez de pain, pétrit Sophie, qui aimait bien changer de prénom sans raison au beau milieu d'une page.

Le repas fut succulent, dans un esprit très portugais. Ils se racontèrent leurs vacances à La Baule, sur la plage dorée d'un été pétulant, quoique sans s'étendre parce qu'après tout ils y étaient ensemble.

Soudain, la nuit tombit et ils se couchirent dans une embarrassante conjugaison.

Bruce enfila une gabardine et fit voluptueusement l'amour à Sophie. Manon n'était pas en reste, se transformant nuitamment en déesse de la passion affublée de plusieurs bras. Ses cris de plaisir traversèrent la porte, et ce n'était qu'un début.

Ce n'était qu'un début mais l'auteur, qui venait de se lancer pour la première fois à l'assaut d'une œuvre d'envergure, éprouvait un sentiment mêlé de satisfaction gaie (il avait réussi à créer cette tension minuscule qui allait plonger le lecteur dans un tourbillon littéraire) et d'inquiétude relative (pourquoi Manon avait-elle subitement décidé de changer de patronyme ? Il allait falloir s'expliquer sans détour).

Le lendemain, Manon claudiqua jusqu'à la porte de la chambre avec le cœur léger et une cystite due aux frottements. Quand elle l'ouvrit, elle sc trouva nez à nez avec Albert touillant des céréales.

– Madame prendra-t-elle un jus de fruit également ?, continua-t-il de touiller.

– Quel mufle !, pensa Manon.

À son tour Bruce apparut, vêtu d'un slip de boxeur qui mettait en valeur son abondante foison.

– Je reprendrais bien du jambon, s'étira-t-il.

Manon exposa son projet d'aller consulter un médecin conventionné parce qu'elle avait la chatte en feu – elle aimait bien parler avec des crudités.

– Veux-tu que je t'accompagne, mon amour ?, s'escrima Bruce en crachouillant des petits morceaux de gras de jambon sur la nappe ornée de passementeries frétillantes.

– Ne t'inquiète pas, mon amour, Albert va me conduire, évalua Manon après avoir pesé le pour, le contre et 244 grammes de céréales, soit l'apport journalier conseillé pour une femme de son poids.

Ni une ni deux, Albert enfila un mini-chandail et se coiffa d'un petit cheptel, sorte de chapeau en laine bouillie dont la confection paysanne avait nécessité plusieurs moutons et de l'eau chaude. Puis il fit vrombir le moteur de la Forsche, imitation coréenne en fer forgé et pin des Landes de la fameuse voiture teutonne. Alors qu'ils s'éloignaient, Sophie regardait la propriété provençale s'évanouir dans le rétroviseur et percevait un bruit chantant de boules de pétanque.

Chez le médecin, le temps d'attente était estimé à trente-quatre minutes. Elle en profita pour lire deux *Marie-Claire* et un emballage de Twix pendant qu'Albert tricotait abondamment.

– Qu'est-ce qui vous amène, Chantal?, scarlatina le docteur avec circonspection.

– Non, moi c'est Sophie, tortilla Manon. Je viens vous voir pour une cystite sévère.

– En quoi est-ce que cela consiste?, maugréa-t-il car c'était un médecin assez récent et il n'avait eu le temps d'apprendre par cœur que quelques maladies.

– J'ai la chatte en feu à la suite d'un rapport consenti mais néanmoins fougueux comme un taurillon camarguais, meugla Manon qui n'avait pas froid aux yeux non plus.

Le médecin récent profita de l'aubaine pour allumer sa pipe et lui prescrivit un bain de bouche et des pompes. C'était un diagnostic assez honnête qui valait bien 22 euros. Mais Sophie vit clair dans le petit manège à l'ancienne du médecin récent: elle n'en avait plus que pour trois mois. C'était inattendu, et surtout elle se demanda ce qu'elle allait faire des places pour le concert de Claude Nougaro en septembre.

Sur le chemin du retour, alors que midi tapait à sa porte, Sophie décida de briser la glace avec Albert et un petit marteau pointu.

– Que tricotez-vous, Albert ?

– Une chaussette.

– Une seule ?, soupira-t-elle, mais sa phrase resta en l'air, comme maintenue par les fils invisibles d'une contrariété unijambiste.

Pendant leur absence, Bruce avait fomenté le plan diabolique de faire un trou, mais il ne réussit pas à mettre la main sur la perceuse sans fil. Il avait donc décidé de se reposer à qui mieux mieux. Sophie fit une entrée triomphale dans le corridor en exécutant deux entrechats pirouettés.

– Mon amour, je viens de consulter un médecin récent, j'ai cru comprendre que je n'en avais plus que pour trois mois, s'inquiéta-t-elle avec parcimonie.

– Savez-vous où nous avons rangé la perceuse sans fil ?, lança Bruce à la cantonade sans s'alarmer outre mesure.

– Oui, dans le bac à légumes du réfrigérateur américain classe A, dégivra Albert qui savait garder les pieds sur terre en toutes circonstances.

Quand Bruce, en slip de boxeur, revint de la cuisine équipé de ladite perceuse sans fil, le sang de Sophie ne fit qu'un tour. Voyant Bruce évoluer à demi-nu comme un pécari sauvage, elle entra dans une transe proche d'un hélicoptère et une vague de désir lui emporta les orteils. Elle s'adressa alors aussitôt à l'auteur de ce livre et lui demanda d'écrire sur-le-champ une scène de cul. Un peu surpris par ces desiderata soudains, l'auteur dut refuser pour des raisons de cohérence du récit – les germes de la cystite n'étaient pas encore traités et il n'aurait pas été convenable de contaminer les autres personnages. De rage, Sophie avala un verre d'eau.

Mais pendant que Bruce prenait appui sur un mur du salon, prêt à s'élancer pour faire son trou, une fulgurante interrogation le saisit.

– Mon Dieu, Manon, mais j'y pense. Si vous devez mourir, qu'allons-nous faire des places pour le concert de Claude Nougaro en septembre ?

Par un hasard extraordinaire, Albert, qui tricotait d'une main tout en surfant de l'autre sur Wikipédia, s'exclama, hilare :

– Claude Nougaro est mort en 2004, il n'y a plus de problème !

Décidément, c'était leur jour de chance.

Le lendemain, dès potron-minet moins le quart, Sophie trouva Albert changé. Elle devait convenir que c'était un bien bel échalas de 64 kilogrammes, chaussant du 42 ou du 43 selon les marques. Mais ce matin-là, un stupéfiant éclair de lucidité la frappa avec la force d'une Renault Fuego au galop : il n'avait plus de moustache.

– Mais qu'avez vous fait de votre moustache, Albert ?, s'insurgea-t-elle tout au bord de la surprise.

– Quelle moustache ?, pilosita Albert, abasourdissant Manon de plus belle.

Tandis que le mystère s'épaississait en cuisine, Bruce pénétra dans leur intimité duveteuse.

– Mon amour, pourrais-tu regarder Albert avec assiduité et me confirmer, s'il te plaît, qu'il n'a plus de moustache ?, lança Sophie avec la grâce d'un bonnet phrygien.

Bruce s'approcha d'Albert à pas de loutre. Albert ne se rendit compte de rien, continuant à tricoter avec ferveur tandis que Bruce se penchait à trente-quatre millimètres de son visage pour placidement vérifier sa soudaine absence de pilosité. Il dut se rendre à l'évidence.

– Il n'a plus de moustache !, s'enflamma-t-il car en effet Albert n'avait plus de moustache.

Alors se fit un long silence de quelques heures, et ce moment propice fut mis à profit par l'auteur. Il trouvait que les personnages prenaient trop de libertés avec le récit, notamment Sophie qui passait son temps à changer de prénom. Désormais, elle allait devoir choisir, ça suffisait, à quoi il ajouta que la pire chose au monde, pour un lecteur, était de s'égarer dans une histoire incompréhensible.

– Au fait, qu'allons-nous faire de ce trou dans le mur ?, trépigna Tatiana qui n'aimait finalement aucun des deux prénoms dont elle s'était affublée et qui en avait choisi un troisième, envers et contre tout, en dépit du bon sens et à rebrousse-poil des volontés de l'auteur.

Cette affaire de trou constituait, avec la moustache évaporée, une deuxième énigme à résoudre en moins de vingt lignes. Toutes ces portes ouvertes sur une infinité de possibles faisaient bouillir d'impatience l'auteur, qui frétillait de confiance pour la suite.

Les trois protagonistes principaux de cette trépidante histoire étaient donc réunis dans la cuisine proprette. Bruce, accoudé à la table Kaspörg, un pied sur le barreau transversal d'un tabouret Ingemaar, se servit un verre (Telemark x 4, le cinquième offert) à l'aide d'une carafe Imböden.

– Voulez-vous une ou deux gouttes de cet excellent pinot noir dont les grains sélectionnés ont été foulés aux pieds par une tripotée de petits Roumains ventripotents, Sophie, mon amour ?, s'entendit dire Bruce en suçotant les allitérations en T et en P.

– Désolée, mais moi c'est Tatiana dorénavant, s'emporta Sophie.

– Ah bon, c'est plus Manon ?, gigota Albert tout à coup arraché à son tricotage rageur.

L'auteur entra alors dans une colère aussi fumante qu'une choucroute du marché de Noël : il annonça des représailles d'une sévérité exemplaire, personne n'en sortirait indemne. Tatiana, Manon et Sophie furent piquées d'une fureur aiguë avant de sortir en chaloupant dans le jardin, claquant si fort la porte qu'elles firent trembler une poutre ou deux, peut-être trois en comptant large.

Soudain et malheureusement, un piano droit de marque Schulze Pollmann tomba du deuxième étage et s'écrasa sans coup férir sur celle que nous nommerons dorénavant Tatiana – pour faciliter la compréhension et pour la dernière fois, puisqu'elle fut tuée sur le coup, sans même avoir le temps d'évaluer sa douleur sur une échelle de 1 à 10, au cas où une infirmière le lui aurait demandé en passant par là à l'instant fatidique.

L'auteur ricana et les deux survivants arrêtèrent de faire les malins. Ils téléphonèrent au médecin récent pour qu'il vienne constater le décès. Celui-ci débarqua avec une somptueuse promptitude. Bruce et Albert soulevèrent le piano en ahanant de concert, afin qu'il puisse exécuter sa tâche de médecin récent.

– C'est la cystite. J'en étais sûr, c'est pas comme si je l'avais pas prévenue. Mais de nos jours on se croit plus malin que tout le monde, on n'écoute plus personne, on oublie de faire ses bains de bouche, on se soigne avec Doctissimo, et voilà le résultat, disséqua le médecin récent tout en rangeant Tatiana dans un sac en plastique de chez Promod.

L'auteur était ennuyé, car il allait devoir remplacer Tatiana par un autre personnage, et craignait de dépasser le budget alloué par la maison d'édition en organisant un casting sauvage et grandiloquent. Il espérait cependant que l'argent récolté par la publicité pour une marque de mobilier scandinave en début de chapitre suffirait à couvrir les frais généraux, car il savait ne pas pouvoir compter sur la générosité de Jean-Christophe Flammard, des frugales Éditions Flammard (le rêve de tout écrivain), cosmiquement connu pour avoir des oursins dans les poches.

Les problèmes de moustache et de trou n'avaient par ailleurs toujours pas été réglés, mais l'auteur était quand même raisonnablement satisfait car il avait réussi à placer trois trémas dans un seul chapitre.

Il mit fin au casting sauvage et grandiloquent après une longue et fastidieuse journée. Il éprouvait une suave euphorie, notamment au niveau de la lèvre supérieure : afin de remplacer Tatiana, il avait réussi, pour un prix laminant toute concurrence, à obtenir l'accord d'une certaine Samantha, belle plante de 48 centimètres de haut qui menaçait de s'enjoliver encore au printemps, au moment de la floraison. Les trépidantes intrigues du roman allaient bientôt pouvoir être replacées en file indienne sur les rails du succès littéraire attendu.

– Je suis désolé, mais je ne trouve pas ça génial de remplacer ma fiancée par un géranium, pétunia Bruce qui trouvait toujours le moyen de se plaindre.

– Excusez-moi d'intervenir mais, avant de faire personnage de roman, j'ai subi six mois d'études vaporeuses à HEC (Horticulture et Camping-Caravaning), et bien qu'ayant échoué à obtenir mon diplôme, ce qui aurait fracturé de bonheur ma pauvre mère aujourd'hui décédée, je suis quasiment certain que Samantha n'est pas un géranium mais plutôt un pélargonium, bégonia Albert qui n'avait plus tellement la tête à sa chaussette.

– Un pélargonium ?, s'effarèrent de concert l'ensemble des personnages concernés, ce qui faisait quatre en comptant l'auteur et la plante en pot.

– Je vous signale que mon contrat, visé par un avocat de droit relatif, stipule avec fougue qu'il n'est aucunement question que je m'adonne de but en blanc à des scènes d'ordre sexuel avec une plante verte. Et vous connaissez le vieil adage de l'édition : « Pas de cul, pas de ventes », pétarada Bruce avec sa force de conviction habituelle, effet tangible d'un stage en entreprise de management priapique.

Catastrophe ! L'auteur, qui n'y connaissait rien en adages, n'avait pas anticipé ce cataclysme. Il allait devoir trouver une autre remplaçante à Tatiana, et derechef des espèces sonnantes et titubantes avant que nuit s'ensuive. Malheureusement la contribution du fabricant scandinave de meubles n'avait pas été à la hauteur attendue, ne s'élevant qu'à quarante-trois bougies d'anniversaire à disposer harmonieusement sur un gâteau, de préférence chocolaté et en plusieurs couches, et à un plat à dessert en faïence de Göteborg répondant au doux nom de Björnesson. L'auteur décida de les mettre illico aux enchères sur eBay en croisant les doigts pour que, quelque part, dans un ailleurs pas si lointain, une personne bien intentionnée mais légèrement étourdie ait acheté un gâteau en omettant les décorations adéquates et le plat idoine pour l'anniversaire d'un proche de 43 ans ou, à défaut, pour celui de jumelles de 21 ans et demi. Il en obtint 1,40 euro une fois déduits les frais de porc, puisqu'il avait décidé d'offrir un saucisson de bienvenue au premier enchérisseur.

Ce n'était évidemment pas suffisant, aussi l'auteur n'avait plus le choix: il allait devoir faire appel à la générosité de Jean-Christophe Flammard, des formidables Éditions Flammard (le rêve de tout écrivain). Contre toute attente, ce dernier lui octroya la somme de 124 euros bruts à déduire d'une avance sur droits s'élevant mollement à 200 euros. Confit de cette manne imprévue, l'auteur repartit pour un tour de casting tout en regrettant que l'histoire n'ait que peu cheminé, notamment à propos de la moustache et du trou dans le mur. Ce n'était que partie remise.

Après une étude forcenée du catalogue de personnages subalternes fourni par les généreuses Éditions Flammard (le rêve de tout écrivain), qu'il trouvait très bien fourni en hommes lugubres et en idiotes ingénues, l'auteur rencontra son bonheur à la page « Promotions, seconde main ». L'élue, qui passa le casting haut-la-fesse, répondait – une fois sur deux, car elle était sourde d'une oreille – au joli prénom de Coraya, qui évoquait en vrac les départements et territoires d'Outre-Mer, la belle époque des colonies et les bâtonnets de poisson aromatisés au crabe. Elle avait l'œil droit légèrement tombant, ce qui l'obligeait souvent à tout interrompre pour le chercher, notamment quand il avait roulé sous un meuble scandinave à monter soi-même, livré avec plus de vis et moins d'explications que nécessaire. Mais cela ne perturbait pas outre mesure l'auteur, qui avait décidé, bien avant de faire ce choix intrépide, d'utiliser le personnage principalement de profil. De plus, Coraya n'était pas une complète inconnue de la maison puisqu'elle avait participé comme personnage quaternaire à un titre de 1954 de la Collection policière intitulé *Couscous maudit à Châteauroux*. Jean-Christophe Flammard, des stratosphériques Éditions Flammard (le rêve de tout écrivain), allait être content que ses subsides aient été placés avec autant de pertinence.

L'auteur était saisi d'une impatience de petit poney à l'idée de présenter Coraya à ses gais partenaires. Albert, tout affairé au tricotage, faisait cliqueter ses aiguilles à la va-comme-je-te-pousse ; sa chaussette avait pris des proportions considérables : elle traversait la cuisine et allait se perdre 16 mètres plus loin dans les méandres de l'immense propriété provençale. Bruce, de son côté, pratiquait fiévreusement les mots croisés à genoux sur un tabouret dans l'espoir d'être un jour sélectionné pour le Concours international de Mots croisés à Genoux de Buzançais (36500).

– Organe reproducteur masculin d'amarrage. En quatre lettres, interrogea-t-il.

Au même moment, Coraya entra dans la pièce par la porte du fond, vêtue d'une robe purpurine et paradisiaque assez fournie en vallées enchantées et collines bombées. Par malchance, elle regardait à gauche, comme le lui avait suggéré l'auteur pour des raisons esthétiques, si bien qu'elle se prit les talons dans une petite pelle à poussière et une balayette disposées au milieu du chemin par on ne sait qui avant de s'affaler comme une carpette et de tout son long sur le carrelage lustré. Elle se mit alors à fureter à quatre pattes sous les meubles, mue par l'irrépressible désir de retrouver son implant oculaire en verre de Murano.

– Je ne suis là que depuis cinq minutes et j'en ai déjà ras la bite, s'insurgea Coraya avec plus de colère que de grâce.

Un moment de stupeur parcourut l'assemblée. Coraya était bel et bien un homme furtivement dissimulé sous l'apparence d'une borgne. Bruce et Albert ne s'attardèrent cependant pas longtemps sur cette découverte sensationnelle car Bruce poussa un cri de soulagement si puissant qu'il s'agissait plus sûrement d'un cri de surlagement.

– B-I-T-E, ça rentre ! Bingo, hourra et eurêka, s'époumona-t-il en esquissant des roulades de satisfaction autour de la table basse car il venait de remplir les quatre premières cases de sa longue matinée cruciverbiste.

De joie invétérée, il adressa une affectueuse tape de remerciement sur le crâne de Coraya qui renfilait son œil, alors même que l'auteur avait décidé de reprendre la main sur une histoire qui avait tendance à progresser en roue libre.

– Bon, est-ce qu'on pourrait s'y remettre avec la célérité de l'éclair frappant le mouton sur le mont Ventoux, et éviter de tergiverser en nous concentrant frontalement sur la moustache et le trou dans le mur, de manière à résoudre ces problèmes, afin que l'intrigue du roman connaisse ce que l'on pourrait se figurer comme un petit pas en avant ? Merci, brama l'auteur en quête de sensations littéraires.

– Je me dois d'intervenir, protesta Coraya car elle avait plusieurs tours dans son sac qui ressemblait ainsi à un petit château fort : j'ai vécu quelques années à Venasque (84210) et je peux vous dire d'expérience qu'il n'y a pas de moutons sur le mont Ventoux.

L'auteur soupira, consulta sa montre et dut malheureusement s'arrêter là pour aujourd'hui car il avait rendez-vous dans à peu près 32 minutes et 24 secondes chez un dentiste véreux pour un détartrage au noir.

Le lendemain, l'auteur s'installa à sa table de travail, la gencive encore fumante du traitement de la veille, mais submergé d'énergie créatrice. Il se préparait à vivre le genre de matinée qui fleurait bon le chef-d'œuvre. Il fit craquer ses doigts, il était prêt, un flot de mots au bord des lèvres. Las, ses personnages n'étaient pas là.

– Qu'est-ce que c'est encore que ce bordel ?, pétarada-t-il dans le vide immaculé de la page, dont il n'obtint en retour qu'un écho insatisfaisant.

Puis il se souvint qu'il avait lu, la veille chez le dentiste véreux, l'interview imprudente d'un écrivain passionné mais aujourd'hui décédé. Il devait s'agir d'une sommité de l'art romancé, d'abord parce que plusieurs de ses œuvres avaient été adaptées en téléfilms pour France Télévisions, ensuite parce qu'on lui demandait encore son avis sur à peu près tous les sujets, même deux ans après sa mort. Ledit écrivain passionné expliquait que, pour écrire un bon livre, l'auteur devait aimer ses personnages. L'auteur, l'autre, songea que ce fameux écrivain passionné devait avoir obtenu pas mal de bourses d'aides à l'écriture pour pouvoir s'offrir des personnages aimables et qu'il n'avait probablement jamais eu à se coltiner une bande de crevards comme Albert, Bruce et Coraya. Toutefois il décida de suivre son conseil et d'essayer de les aimer du mieux qu'il le pourrait, avec abnégation et vigueur mais sans tomber dans le voyeurisme car il préférait pratiquer la suggestion sensuelle.

Après une demi-heure d'attente, il perçut le bruit de la Forsche dont les pneus rageurs broyaient les gravillons de l'allée avec une énergie atomique : Albert revenait tout poissonneux du marché provençal, ensoleillé et chargé de sardines pour la semaine. Tout à coup et comme par magie, Coraya sortit de la chambre en robe de satin et en se grattant les couilles.

– Houla, je suis pas du matin moi, faut pas crier comme ça mon petit monsieur, s'épargna-t-elle avant de demander alentour s'il y avait du café chaud.

Albert répondit qu'il y avait du café froid et un four à micro-ondes d'une puissance de 700 watts, si bien que même un orang-outan grabataire aurait les capacités intellectuelles et psychomotrices d'en faire du chaud.

– Où est passé ce connard de Bruce ?, s'effilocha l'auteur qui voyait avec effroi ses bonnes résolutions héritées de l'interview de l'écrivain passionné partir en vrille piquée avec double salto.

– Il est en train de prendre une douche avec du savon liquide sans paraben afin d'avoir une apparence lisse tout en évitant les mycoses, expliqua Coraya qui en connaissait un rayon puisqu'elle était titulaire d'un DEA Épilation et Hygiène intime.

L'auteur commençait à s'impatienter : décidément, ses personnages se montraient peu raisonnables. Il se souvenait pourtant de cet éminent écrivain prolifique (qui semblait vivre assez confortablement de sa plume puisqu'il souffrait d'un bel embonpoint et possédait une chemise immaculée pour chaque jour de la semaine) qui, lors d'une master class, avait insisté sur le fait qu'une fois clairement définis, les personnages construisaient eux-mêmes l'histoire, la plume de l'auteur n'ayant dès lors plus qu'à se laisser porter.

– Encore des foutaises !, déglutit-il avec dégoût.

Il s'empara avec autorité du haut-parleur à piles rechargeables qu'il utilisait habituellement devant son téléviseur à tube de marque Grundig quand il donnait les réponses à *Questions pour un champion* en espérant que le fade remplaçant de Julien Lepers l'entende depuis ses studios :

– Maintenant, ça suffit ! Le chapitre 7 est quasiment terminé et vous n'avez rien foutu, à part tricoter une chaussette de 16 mètres de long, fait disparaître une moustache, troué un mur et chopé une cystite. Je vous signale qu'au même chapitre 7, Michel Strogoff avait déjà rencontré rien moins que le tsar, pris un train en bois de Moscou à Nijni-Novgorod, et qu'il descendait la Volga en bateau avec une poulette après avoir entubé la police. Nous, nous en sommes encore à nous demander où est passée une moustache et ce qu'on va faire avec un trou. Alors tout le monde en rangs serrés, et au boulot !, rugit l'auteur en exhibant ses dents détartrées.

– Ah ben évidemment, si on prend les Russes en exemple, ce n'est pas à notre avantage. Ils ont toujours été meilleurs que nous à tous points de vue et images du monde. Nous, on écoutait encore Joe Dassin quand ils envoyaient leurs chiennes dans l'espace, se mouilla Bruce qui sortait de sa douche vêtu d'un linge humide lui ceignant les protubérances touffues.

L'auteur commença à éprouver une solide envie de gober des pilules anxiolytiques entre deux rasades de vodka, mais il se ravisa en pensant à sa maman qui l'aurait désapprouvé. Et il entonna *The Show Must Go On* dans sa version susurrée et sans moustache.

Le lendemain, l'auteur avait repris du poil, de la bête, de l'énergie, des forces et du café, et se préparait tant et plus à repartir du bon pied – le droit, celui qui lui avait servi d'appel dans sa tonitruante jeunesse lors des compétitions de saut en largeur, discipline méconnue lui ayant valu quelques titres frelatés, tel celui de champion du département de Champagne-Roussillon.

Bruce gara la Forsche devant le garage ; Coraya et lui en sortirent. Albert, qui possédait tous les attributs d'un fidèle serviteur, s'approcha par petits bonds ancillaires. Coraya se méfiait un peu de lui parce qu'il avait tendance à la poursuivre de ses acidités en s'humectant les lèvres.

– Qu'avez-vous préparé pour le dîner, Albert ?, se pourlécha Bruce.

– Des sardines, rétorqua le serviteur.

– J'espère que nous aurons assez de pain, embraya Coraya qu'on ne pouvait soupçonner de se répéter puisqu'elle n'était arrivée qu'au chapitre 6.

– Nom de Dieu, j'ai oublié le beurre. J'espère que j'aurai assez d'argent, frémit Albert qui, sans s'en rendre compte, venait d'expliciter le titre somptueux du livre avec une sorte de détachement british, appelé également « *detachment* » par nos cousins d'Outre-Manche, avec le souci libéral post-Brexit d'économiser sur les E et les accents afin de les redistribuer aux riches.

Précédant sa chaussette qui atteignait 16 mètres et 40 centimètres et qui, à force de traîner par terre, avait agrégé une tripotée de trucs peu ragoûtants, notamment tout un troupeau de moutons facétieux, Albert lança :

– En route pour la fromagerie !

Il agita la main de manière un peu pompeuse, comme s'il quittait les côtes françaises à la barque pour partir à la découverte du Groenland.

– Je vais, pour une fois, faire un petit aparté, plomba Bruce.

L'esprit de l'auteur fut à cet instant précis traversé par l'idée d'acheter un flingue : il tenait à l'ordre et à la loi qu'il dictait au détriment de la liberté individuelle de ses personnages.

– Je voulais intervenir sur le choix du titre, qui nous a été infligé d'autorité. Je suis proprement dévasté par le fait qu'Albert soit le seul cité, comme s'il était le protagoniste principal de cette affaire, alors que ses seules occupations sont de tricoter une chaussette géante et de faire cuire des sardines. Je suis obligé de rappeler à votre bon souvenir que c'est moi qui ai percé le trou dans le mur, et que ce fameux trou est à la fois le centre névralgique et le poteau de soutènement de l'haletante intrigue qui supporte ce roman, continua Bruce qui ne se mouchait pas du coude.

– Ça suffit, c'est moi qui décide. Je vous signale qu'Albert rime quasiment avec beurre, ce qui, dans l'approche rimbaldienne qui est la mienne, correspond trait pour trait à l'idée que je me fais d'un titre exemplaire, alors vos gueules ! Et puis, Bruce, ça rime avec rien, justifia l'auteur sans prendre de précautions.

– Désolée d'intervenir, mais je suis obligée par contrat de vous signaler que Bruce rime tout de même avec prépuce, rebondit Coraya qui en connaissait un rayon puisqu'elle avait obtenu un BTS de Circoncision Free-Style avec mention passable simplement à cause d'un tomahawk mal affûté.

– Si vous continuez comme ça, il y a des pianos qui vont tomber ! Il n'y a que deux mots dans ce vaste monde que je me refuse à voir figurer dans un texte de ma composition ou dans mon assiette tant leur laideur me répugne comme un essaim de mouches à merde sur le corps décomposé d'un blaireau mort : il s'agit des mots « prépuce » et « rémoulade », fulmina l'auteur tripoté par l'exaspération.

Quand il perçut l'étendue du désastre qui s'étalait sous ses yeux, il était trop tard. Impossible de reculer : il venait d'écrire les deux mots maudits en noir sur blanc dans son sensationnel roman. La vie était vraiment une grosse pute et, de guerre lasse, il partit faire une sieste.

Albert avait garé la Forsche à l'arrache et en épi avec beaucoup d'agilité. Au-dessus du village à l'haleine de pastis et à l'accent de garrigue, le ciel tremblotait d'azur sous les rayons épais du soleil. Il attendit que le bonhomme passe au vert, puis au rouge, puis au vert, puis au rouge, puis encore au vert, car le moment soudain du changement de couleur lui procurait des petits frissons ; il finit par traverser la rue en sautillant. Entrant dans la fromagerie, il salua l'assistance en hennissant et convint *in petto* que la blague fonctionnait mieux dans les boucheries chevalines. Qu'à cela ne tienne, il s'intégra dans la file avec l'aisance du clou dans une planche molle.

L'auteur éprouva alors une certaine tension. Il savait que le face-à-face entre Albert et la crémière était le point culminant dramatique du chapitre, voire l'un des enjeux du livre, et il ne devait pas rater le coche. Tout en veillant à affûter des répliques aux petits oignons à l'attention des critiques littéraires paresseux qui faisaient la pluie, le beau temps et le café dans toutes les rédactions du pays.

– Bonjour Madame, je voudrais le beurre et le QI de la crémière, intrépida Albert avec exaltation.

– 157, lui asséna la crémière du haut de sa couperose.

Albert n'en revenait pas. Un QI de 157, c'était énorme pour une crémière, mais il ne fut pas tout à fait surpris tant elle ressemblait à Édouard Philippe, l'ancien Premier ministre de la France, qui lui-même devait être équipé d'un QI supersonique. Il tendit l'argent du beurre à la crémière, un tantinet bouleversé par sa découverte, et reprit la direction de la maison provençale en louvoyant, car il avait une chaussette en cours et des sardines à venir.

Il s'installa dans le fauteuil club en essayant de se concentrer sur son ouvrage, tandis que Bruce s'escrimait sur ses mots croisés à genoux et que Coraya chantait un petit air pimpant de son pays avant de passer parmi eux pour réclamer une piécette. Soudain, des coups sourds retentirent à l'huis, faisant sursauter l'ensemble des présents. Bruce se leva en couinant et se traîna lentement jusqu'à la porte, d'où il revint déconfit.

– Albert, je dois vous annoncer qu'Édouard Philippe, l'ancien Premier ministre de la France, se trouve présentement sur le perron de la maison en possession d'une motte de beurre que vous auriez oubliée chez lui. Je ne vous cache pas que c'est extrêmement gênant. Essayez de vous mettre à la place de Jean-Christophe Flammard, des extraordinaires Éditions Flammard (le rêve de tout écrivain), qui soutient l'écriture de cet ouvrage. Je vous parie l'un de mes slips déjà portés qu'il trouverait ce genre d'événement au bas mot inapproprié dans un roman à destination de tout public, s'irrita Bruce avec une véhémence clinique.

– Mais… Vous n'y êtes pas du tout, il s'agit de la crémière supersonique du village, qui possède un QI de 157 et se trouve être également le sosie accompli d'Édouard Philippe, détrompa Albert tout à la joie de cette inextricable pelote de confusion.

Le rire franc, massif et contagieux d'Albert se répandit dans l'assemblée en générant quelques litres de postillons et de larmes irisées, ainsi qu'une nouvelle fois la perte de l'œil vitreux de Coraya, qui rebondit sur un tapis avant d'aller rouler sous une desserte Plamekört.

Le repas du soir fut composé, avec un succès mitigé, de sardines et de pain beurré, comme les jours précédents.

– Ce n'est pas que ce soit mauvais, mais tous les jours, c'est un peu lassant. Vous savez faire la quiche, Albert ?, redonda Bruce en extirpant une arête centrale de sa bouche pointue.

– Si nous avions eu à notre disposition une génisse et un couteau effilé, j'aurais pu, en outrepassant ma fonction dans cette fiction, vous concocter l'une de mes spécialités, les sardines farcies au foie de génisse, se vanta Coraya qui en connaissait un rayon puisqu'elle était titulaire d'un CAP de cantinière fourbe.

Alors qu'elle se préparait à généreusement partager les souvenirs débridés de ses bouillonnantes études de cuisine sournoise, elle se retint : elle se rappela in extremis l'aversion de l'auteur pour certains mots, et il fallait absolument éviter d'évoquer le nom de la recette qui avait fait sa renommée dans les alentours de Bosmoreau-les-Mines (23400) : le prépuce rémoulade.

Tôt le matin du lendemain, Bruce rentra léger de son footing, d'une humeur plutôt bonne pour la saison, avec des auréoles sous les bras et le jogging ballant.

– C'est absolument dingue le nombre de sosies que possède Édouard Philippe, l'ancien Premier ministre de la France. Je viens d'en compter quatorze rien qu'en inspectant la pelouse du parc, alors que le jour peinait à s'extraire de la nuit, partagea-t-il avec emphase et ses amis présents dans la cuisine, dont le nombre s'élevait à zéro puisque personne n'était encore levé.

Il éructa un peu de sardines de la veille avant de décider que le moment, dans son silence éperdu, était propice à l'introspection méditative et qu'il allait donc s'y adonner devant ce mur blanc et ce trou si adéquatement circulaire qu'il apparaissait comme le point focal idéal pour concentrer ses idées et éviter la dispersion.

Il s'assit sur une chaise située à 4,34 mètres du mur et se laissa pénétrer par toutes les forces telluriques qui traînaient dans le coin, polarisant son attention sur le trou jusqu'à ce que l'idée même de trou disparaisse et qu'il ne soit plus que le viatique pour un ailleurs triomphal où il pourrait accueillir les visions cosmiques d'une beauté à couper le souffle en petites tranches fines. Et il attendit donc l'instant transcendantal où un choc esthétique lui claquerait le menton avec la force cataclysmique d'un tsunami de saucisses-cocktail.

La maisonnée s'éveillait, Albert s'étirait, et ce fut le moment que choisit Coraya pour traverser le champ visuel de Bruce. Elle portait un verre d'eau au fond duquel trempait son œil de verre et n'était vêtue que d'un tee-shirt insuffisamment long pour lui cacher les testicules et les poils des fesses. Bruce comprit alors que la conjugaison de la promiscuité et de l'absence de slip était une création de Dieu pour formuler l'hypothèse de l'existence du diable.

L'auteur recula sa chaise à roulettes pour contempler, subjugué par tant d'audace philosophique, la phrase qui venait de jaillir sous ses doigts avec la précocité d'une éjaculation adolescente. Ce roman, malgré ses aléas et ses impondérables, menaçait par moments de frison-rocher les sommets.

– Coraya chérie, pourriez-vous enfiler un slip et votre œil avec la célérité et la pudeur qui siéraient à l'hypothétique épouse d'un gentleman tel que moi ? Quant à vous, Albert, je pense qu'il serait de bon aloi que vous lâchiez le tricotage de cette impressionnante chaussette et que vous vous jetiez fiévreusement dans le ménage comme la tornade blanche forcenée que vous n'auriez jamais dû cesser d'être, parce que là, le parquet colle tellement sous mes semelles que j'ai l'impression de porter des chaussures de ski, s'indigna soudain Bruce, traversé par l'impérieux désir de regarder Albert astiquer les briquettes.

– Désolé mais je me sens, en tant que personnage principal, légèrement raccourci par le rôle subalterne dans lequel vous tenez à me confiner, Bruce. Ce n'est pas que je tienne spécialement à être mis en avant, mais je souhaiterais que, dans un souci démocratique susceptible de dénouer les tensions qui commencent à se faire jour, nous soumettions dorénavant les décisions à un vote de telle sorte que l'avis de chacun soit considéré, avant que je ne décide pour tout le monde. Et en ce qui concerne le ménage, je vous emmerde, tournicota ALBERT qui exigeait que, dorénavant, son nom soit écrit en capitales, comme c'est souvent le cas sur les couvertures.

À la suite de cette diatribe échevelée, deux raisons évitèrent à ALBERT une mort subite :

1. Il avait appris à éviter les chaises.
2. Bruce n'avait jamais su les lancer.

En attendant, la vitre de la fenêtre était cassée. Dehors, et aussi un peu dedans, il tombait des gouttes grosses comme des pneus, la météo venant de se liquéfier. L'auteur en éprouva un petit sentiment de lassitude et commanda des serpillières sur CDiscount.

– Finalement, quand on y réfléchit, un trou, c'est juste une absence : il n'est, dans une réalité objective, que par ce qui l'entoure. Un peu comme ce con d'Albert, proféra Bruce au milieu d'un silence qui pouvait faire penser à un film animalier muet sur les poux tourné en noir et blanc par Ingmar Bergman avec une caméra placée sur la tête d'une proto-hippie suédoise à l'été 68 et projeté au ralenti sur l'écran de la salle obscure d'une ville moyenne de province lors d'un festival de la pellicule.

Albert avait feint ne pas entendre, ce qui ne choqua personne car, au même moment, il était occupé à pilonner les sardines de la veille en rillettes de la mer avec la frénésie d'un acteur porno. Un instant cependant, l'idée de remplacer le citron vert par de la mort-aux-rats dans la ration de Bruce lui traversa l'esprit.

– Il serait convenable que nous fassions quelque chose pour cette fenêtre parce qu'on commence à se geler les ongles, suggéra Coraya qui faisait tout ce qu'elle pouvait pour ne pas être réduite à une paire de couilles.

N'écoutant que son indomptable courage, Albert se saisit de son téléphone portable d'une main ferme tout en poursuivant de l'autre son pilonnage féroce et composa un numéro avec son nez.

– Bonjour Monsieur, Cerise de Groupama à votre service, que puis-je faire pour vous ? Je vous informe que cette conversation est susceptible d'être enregistrée pour être ensuite diffusée en Dolby Surround lors des spectacles de Dany Boon, le célèbre comique fiscal, détailla une voix suave et distordue par le mini haut-parleur.

– Bonjour Cerise de Groupama, ici Albert, d'*Albert et l'argent du beurre*. Je vous appelle car je souhaiterais instamment la venue d'un vitrier propice, susceptible de remplacer une fenêtre éparpillée à la suite d'un malencontreux incident de chaise, louvoya Albert qui s'imaginait déjà en train de courir sur une plage dorée, main dans la main avec Cerise, la petite robe à pois vert et blanc de celle-ci caressée par les alizés, au son des colibris et des noix de coco.

– Aucun problème, Albert d'*Albert et l'argent du beurre,* je vous envoie quelqu'un. Par contre, au nom de Groupama, je vous demande de bien vouloir cesser de pilonner les sardines de la veille en rillettes de la mer avec la frénésie d'un acteur porno pendant que vous nous appelez, car je suis sur haut-parleur et vous déconcentrez conséquemment tout le monde dans les bureaux, ce qui entraîne une chute libre du cours de notre action alors que le CAC 40 se maintient en fin de séance. En vous remerciant, raccrocha Cerise.

Sans tarder, des tocs-tocs secs et tendus retentirent à la porte et Bruce ouvrit en bandant ses muscles externes parce qu'il aimait bien faire des démonstrations.

– Bonjour, je suis le vitrier propice, je viens de la part de Cerise de Groupama à la suite de l'incident de chaise, reblochonna le petit homme qui possédait un air jovial et l'haleine du gars qui vient de s'envoyer une tartiflette.

Il se dirigea ensuite vers la fenêtre cassée pour y clouer une ribambelle de planches de guingois, puis recula d'un pas pour contempler le travail accompli.

– Je n'ai pas lésiné, je vous ai mis le top, roccosiffredit le vitrier propice.

– C'est du bois, s'étouffa Coraya à qui on ne la faisait pas car elle était aussi titulaire d'un baccalauréat professionnel de menuisier complotiste.

– Oui, le verre, je n'aime pas ça, ça casse. Donc disons qu'avec le déplacement à 68,84, la main-d'œuvre à 241,32 et les matériaux, ça fait 456,52 euros tout rond. Je vous le fais à 500 parce que les bons comptes font les bons amis. Ou alors je vous échange le tout contre une sorbetière, tempéra le vitrier propice.

Par un coup de chance extraordinaire auquel aucun auteur n'oserait avoir recours tant le procédé est grossier, un locataire qui avait occupé la maison provençale lors d'un précédent week-end afin d'épuiser sa maîtresse et ses miles SNCF avait distraitement oublié une sorbetière sur le buffet Susström. L'affaire fut donc aussitôt conclue. Le vitrier propice vivait le plus beau jour de son existence – une sorbetière, tout de même, ce n'est pas rien. Dans la cuisine, il faisait déjà un peu nuit à 14 heures. C'était beau comme la Finlande, ou comme une taupinière.

– On s'emmerde un peu, non ?, couina Albert d'une voix de colvert.

– J'ai reçu le courriel d'un lecteur qui me dit avoir failli mourir d'ennui à la lecture du premier mot. Mais ne généralisons pas, il ne s'agit que d'un parmi un, soupira Coraya avec un petit bruit d'aspirateur sans sac.

– Franchement ne nous plaignons pas, j'ai déjà fait pire comme boulot, absorba Bruce qui se souvenait parfaitement de son unique expérience dans la littérature en tant que doublure-jambes d'un cheval de trait dans un petit roman sibérien.

– J'espère que l'invraisemblable talent de l'auteur pour nous faire vivre d'exaltantes péripéties sous le soleil de Provence ne s'est pas subitement tari comme la flaque d'eau croupie sous la chaleur saharienne, suggéra Coraya avec une pointe d'ironie bédouine qui pénétra le cœur sensible de l'écrivain.

Ce dernier, justement, venait de faire l'acquisition du sensationnel *Écrire un best-seller pour les nuls,* ouvrage de référence signé de l'épatant professeur Jérôme Page. Au début de sa lecture, l'auteur s'était montré dubitatif, d'autant que ce Monsieur Page, qui semblait faire autorité puisque deux personnes possédant curieusement le même nom de famille avaient accordé cinq étoiles dithyrambiques à son livre sur Amazon, n'avait strictement aucun best-seller à son actif.

Il ne fallait cependant pas écarter l'hypothèse qu'il ait écrit ce manuel sans l'avoir lu, ce qui était assez fréquent dans le monde de l'édition. À la page 16 de son livre, le professeur exprimait l'avis suivant: « En cours d'écriture, si l'action tend à se distendre, n'hésitez pas à revenir en arrière pour prolonger par surprise une intrigue endormie et offrir ainsi à votre lectorat un tremplin narratif inattendu aux ramifications multiples. Exemple: une moustache qui repousse. » Cela semblait être un procédé honnête et digne d'intérêt.

Il était donc temps de développer un événement qui avait l'air minuscule tout en étant suffisamment énorme pour faire un dix-minutes sur BFMTV: Albert avait entrepris de laisser repousser sa moustache disparue. Un début d'épanchement pileux, subnasal et carnivore, commençait à lui dévorer la lèvre supérieure.

– J'aime bien ton nouveau look, Albert, tu ressembles à un député d'Europe Écologie, bourgeonna Coraya.

Cramoisi, Albert bondit et se précipita dans la salle de bains, d'où il ressortit lisse comme un bidet: pas question de ressembler à un député, il avait tout de même un peu d'amour-propre.

– Cylindre creux faisant office de caisse de résonance et recouvert de peau tendue, en six lettres, prospecta Bruce qui s'était replongé dans ses mots croisés à genoux.

– Berlusconi ?, proposa négligemment Albert en titubant de l'aiguille sur un point mousse inversé après avoir repris son tricotage.

– Ah oui, évidemment, comment n'y ai-je pas pensé… En revanche, ça ne rentre pas, je vais devoir serrer un peu, s'enhardit Bruce qui semblait déjà prêt pour le Festival international de Mots Croisés avant-gardistes et compressés de Thorigné-Fouillard (35235).

– J'aurais dit djembé, tapota Coraya.

Aucun mérite : elle avait à son actif quelques tonitruantes performances de musique percussive pénible et sans les mains sur le plateau du Larzac. Des petits concerts trépidants et sauvageons que José Bové évoquait parfois, saisi d'une émotion qui faisait trembloter les grains de quinoa perclus dans sa moustache.

L'auteur décida alors d'en terminer avec cet épisode dont le *name dropping* frétillant titillerait peut-être le jury du prix de Flore. Il devait reprendre des forces car le chapitre du lendemain propulserait le texte dans une dimension vierge et inexplorée : les toilettes de la maison. Probablement une première dans l'histoire romanesque, mais, se disait l'auteur, comment appeler encore ceci un roman alors qu'il se préparait, éparpillant les codes et transcendant toutes les règles du récit, à funambuler sur le rebord des âmes avant de tirer la chasse ?

Malheureusement, le lendemain, la fameuse scène des toilettes dut être remise, Coraya s'étant réveillée avec l'estomac inversé par des torsions fulgurantes et peu propices. Ils décidèrent de faire appel au médecin récent, qui prit généreusement son temps avant de partir à cause d'un bol de Benco trop chaud. Pendant ce temps, le visage de Coraya s'était pustulé d'une myriade de boutons rouges qui la faisait ressembler à la photo nocturne d'un échangeur autoroutier à Los Angeles. Enfin le médecin récent finit par arriver, protubérant et franc du collier. Il examina Coraya avec pertes et tracas, posant des questions thérapeutiques et mystérieuses (« Où en êtes-vous de vos mycoses ? », « À quand remonte votre dernière perfidie ? »), avant de se relever, triomphant, tout heureux d'avoir inventé un diagnostic pour la toute première fois de sa carrière.

– D'après moi, il s'agit d'une allergie aux zeugmas, soupira-t-il en levant les bras au ciel.

Il expliqua à Coraya que cela s'arrangerait avec un peu d'air frais, puis il lui tapota la tête avec le plat de la main et affection, ce qui finalement n'arrangea rien : Coraya poussa un hurlement.

– J'ai un presse-purée dans le cœur, s'époumona-t-elle.

L'auteur paraissait assez satisfait d'avoir réussi, avec cette métaphore entourloupée, à poétiser le fait qu'elle s'apprêtait à dégueuler. D'ailleurs un flot jaillit illico de la bouche de Coraya et recouvrit le médecin récent de petits éclaboussis à la sardine.

– Putain la vache merde c'est dégueulasse, s'empourpra le médecin récent qui venait de perdre définitivement son flegme, ce dernier ayant rebondi sur le sol puis sur le rebord de l'évier avant de disparaître dans la bonde et d'atterrir dans une usine de retraitement de déchets qui allait le brosser afin de le faire reluire et le revendre en seconde main à un lord anglais grabataire.

– Ça ne peut pas être dégueulasse, ce n'est que de la sardine, protesta Albert qui n'aimait pas que l'on mette en doute ses compétences culinaires.

Ils envoyèrent le médecin prendre une douche modeste avant de le mettre à sécher sur le radiateur.

– Qu'avez-vous préparé pour le déjeuner, Albert ?, s'enthousiasma Bruce.

– Des sardines, rétorqua le serviteur avec véhémence.

– J'espère que nous aurons assez de pain, émietta Coraya qui reprenait apparence humaine en éparpillant ses pustules sur le tapis du salon.

L'auteur relut trois fois ce chapitre avec une satisfaction repue, songeant qu'il constituait une assez bonne introduction à la fameuse scène des toilettes, sorte de courroie de transmission qui emballerait le moteur de ce roman dans un assourdissant suspense (cf. *Écrire un best-seller pour les nuls*, de Jérôme Page, page 176, « Le chapitre de transition est à l'écriture ce que le parpaing est à la disparition des corps dans le port de Marseille »).

– Dites, je suis en train de surveiller la prépublication de ce fantasque roman sur Facebook, avec le regard périphérique et analytique d'une horde de loups fomentant un plan pour encercler leurs proies, et je me rends compte que le nombre de likes est en chute constante depuis le premier chapitre. Une étude plus fine démontre en outre que la part jeune et sémillante de notre lectorat originel semble s'être éparpillée dans le World Wide Web – à moins qu'elle ne soit en train de se tripoter sur un SAS. Bref: nous ne sommes plus lus que par des vieux dépressifs. Il va donc falloir réagir, parce que cette histoire commence à sentir le Stéradent et l'assistance respiratoire, paranoïa Albert, penché sur la tablette connectée en WiFi qu'il venait d'extirper de sa chaussette.

Bruce lança ses bras sur le côté, calquant sa position sur celle d'un demi-avion penché en virage serré.

– Que faites-vous, Bruce, mon amour, s'extasia Coraya.

– Je dabe, les jeunes adorent. Je suis en train de rallier notre lectorat pré-pubère à la vitesse d'une tractopelle, s'enthousiasma Bruce.

– Wesh, gros !, répliqua Coraya dans sa vieille face.

Elle en connaissait un rayon sur le franc-parler des jeunes de banlieue car elle avait été animatrice de colonie de vacances à la cité des Trois-Bornes pendant vingt minutes, le temps de se faire dépouiller comme une grosse bouffonne et de rentrer chez elle en slip.

– Ça suffit, laissez-moi réfléchir, maugréa l'auteur en suçant des capuchons de stylos.

Évidemment, l'heure n'étant plus au chapitre introspectif dans les toilettes, il décida d'actionner le plan Gérard de Villiers avec une excellente scène érotique, moderne et crue, susceptible à la fois de rajeunir le lectorat et d'empêcher la délocalisation des usines Sopalin en Roumanie.

– Je trouve l'idée séduisante, mais ne comptez pas sur moi pour me taper le travelo, s'excusa Bruce.

Il évita de justesse le fer à repasser que Coraya lui balança à la figure avant de se réfugier dans sa chambre, furibarde et clic-claquant des talons, pour en ressortir cinq minutes plus tard surmontée d'un chignon hautain et traînant une grosse valise.

– Salut, je m'en vais. Bruce, mon amour, tout est fini. J'ai reçu un texto de Bret Easton Ellis, il a besoin d'un personnage de pute française et m'a choisie dans un panel licencieux. À moi la Californie, les palmiers, les limousines et les burritos à la viande, claqua-t-elle la porte de colère brute.

Bruce fanfaronna avec un petit mouvement de hanche membré. Il avait lu un livre de cet auteur tourmenté et *bankable*: elle allait se faire attacher au lit à la page 2, introduire des rats affamés dans le vagin à la suivante, et, en page 5, découper en morceaux au couteau à viande par une paire de yuppies en cravate. Coraya serait de retour dans deux jours, la queue entre les jambes, amère et la larme au groin.

– En ce qui concerne l'intromission de rats dans le vagin, un doute m'assaille, étant donnée la configuration du terrain, incrédula Albert.

L'auteur, d'abord consterné par ce qui ressemblait à un désastre supplémentaire, se redressa tout à coup (*Écrire un best-seller pour les nuls*, de Jérôme Page, chapitre 5 : « Le plus important est de tenir votre intrigue. Les personnages doivent se plier à votre volonté. Souvenez-vous que tout grand roman peut être entièrement réécrit en remplaçant le personnage principal par un *rice cooker*. ») Il venait d'avoir une idée formidable, une de plus : il allait remplacer Coraya par une assistante d'édition trentenaire, la dévoyant au moment où elle se préparerait à signer son vingt-sixième contrat successif à durée déterminée de trois mois avec le secret espoir de devenir éditrice avant ses 74 ans. Elle s'appellerait environ Charlotte, comme environ toutes les assistantes d'édition, mesurerait environ 1,74 mètre pour environ 52 kilos, se nourrirait environ de quinoa et accepterait avec entrain cette nouvelle aventure tant elle en avait marre de corriger les fautes d'orthographe d'auteurs grabataires qui rêvaient de laisser une trace de leur passage sur Terre alors que ça faisait déjà des années qu'ils bavaient sur la nappe.

C'est ainsi que l'auteur leur présenta Jeanne, qui devait avantageusement remplacer Coraya.

– Bonjour Jeanne, bienvenue, s'enthousiasma Bruce avec le sourire de celui qui admettait soudain avec bienveillance la possibilité d'une scène torride.

– Je suis assistante d'édition s'il vous plaît, merci, rétorqua Jeanne qui avait la politesse et une jolie paire de seins haut-perchés chevillées au corps.

À ces mots, une vague de frayeur déferla sur l'assistance.

– Mon Dieu mais c'est horrible, s'effara Coraya qui avait raté son avion.

Les dents tétanisées d'angoisse, elle mit sa main devant sa bouche pour étouffer un nouveau cri alors que le premier avait déjà déchiré le silence et le canapé. Albert se tapa la tête contre le mur de désespoir. Coraya prit Jeanne dans ses bras, la fit asseoir sur le clic-clac éventré et tâcha de lui expliquer, pour dédramatiser, qu'il y avait de plus grandes tragédies dans la vie qu'être assistante d'édition, lui suggérant, à chaque moment d'accablement, de penser aux petits lépreux de Jakarta qui n'avaient plus de doigts pour tapoter sur leur iPhone et ne recevaient jamais de textos.

– Ça te ferait plaisir que nous appelions ta maman ?, la câlina Coraya.

– Ne vous inquiétez pas pour moi, ça ira, j'ai 32 ans tout de même je vous prie, embraya Jeanne avec un courage obséquieux qui forçait l'admiration.

– Excusez-moi, mais comment se fait-il que vous ne vous appeliez pas Charlotte, comme toutes les assistantes d'édition ?, soupçonna tout à coup Albert en jetant un voile de malaise sur le chapitre.

– Vous ne m'avez pas présenté le petit monsieur sur le radiateur, je vous prie, bien cordialement, détourna-t-elle la conversation.

Et en effet, ils s'aperçurent qu'ils avaient complètement oublié le médecin récent, qui séchait depuis la veille. Il avait rétréci, fondu comme une bougie, et ressemblait désormais à ce qui reste au fond d'un seau après une liposuccion bâclée. Ils le raccompagnèrent soigneusement à la porte en le remerciant chaleureusement pour tout. À la suite de quoi ils rirent de bon cœur, dissipant le trouble né du sulfureux prénom de l'assistante d'édition.

Un peu plus tard, Albert proposa une petite tournée générale de rillettes de la mer, suscitant un léger affolement parmi les convives. Coraya annonça qu'elle dormirait désormais sur le canapé éventré et proposa à Jeanne de l'aider à prendre ses quartiers dans la chambre nuptiale, qui serait sous peu le centre névralgique d'un chapitre plus bouillant qu'un potage.

– Je me permets, pour la première fois, une petite parenthèse, se lança Bruce. Je tiens à rappeler que je soulève de la fonte depuis l'âge de 14 ans, aussi vous pouvez imaginer combien le corps parfaitement musculeux que j'offre à votre regard chaque fois que je retire mon tee-shirt nécessite une attention et un travail de chaque instant. J'ai par ailleurs des besoins sexuels assez démentiels, et il se trouve que je me retiens depuis quatorze chapitres et la chute intempestive d'un piano, faute de partenaire. Autant vous dire que je suis à deux doigts de me transformer en phacochère. Mais je suis plutôt agréablement surpris par notre nouvelle recrue et confit d'impatience en attendant la suite. Cependant, je vous signale qu'elle est gaulée comme une brindille avec plus d'os que de viande autour, alors je peux vous dire que, n'importe comment, l'un dans l'autre, faudra pas venir chialer si j'en fais des Kapla, frima Bruce avec fermeté.

L'auteur commençait à trouver son personnage sérieusement lourd, et mijotait, s'il continuait de la sorte, le sabordage de sa scène torride.

Comme tout écrivain un tant soit peu respectable, l'auteur se tâta au moment d'écrire l'indispensable scène sulfureuse. Ceux qu'il admirait la situaient généralement dans un décor propice à libérer les passions fougueuses : une piscine turquoise, une plage de sable blond sous les tropiques, ou la chambre opulente d'un palace fastueux. Considérant que la bâtisse provençale n'était pas adaptée à son intention, il se résolut à transposer l'action dans un hôtel de luxe. Il allait ainsi sacrifier la rigueur géographique, mais ses lecteurs ne le lui reprocheraient pas, tant le récit avait été jusqu'ici tenu d'une main ferme et avec une précision toute horlogère.

Bruce précéda Jeanne dans sa suite à 1 250 euros la nuit, lit double en 180 en option et petit-déjeuner en sus. Il l'avait rencontrée au bar d'un Carlton familier, elle était là, seule, perchée sur un tabouret sous les néons blancs et violets, fuselée comme un Airbus, avec des yeux grands comme des planètes et une bouche très bien moulée. Sa longue chevelure cascadait sur ses fesses et elle suçait l'olive de son Martini. Il l'avait repérée grâce à son instinct de grand fauve – son surnom, le tigre de Karachi-sur-Lignon, n'était pas usurpé : il savait flairer les promesses de nuits enfiévrées et farouches.

Il tira sur un havane roulé à la main par des enfants cubains préalablement trempés dans le whisky, jeta un regard sur sa Rolex, cadeau d'un prince saoudien dont il avait occupé les femmes pendant le Manchester-Chelsea de 2015, et suspendit sa veste en alpaga de Quito à une patère de bronze aux formes anatomiques et veinées. Il était déjà 5 heures du matin et Peshawar-sur-Loire allait bientôt s'éveiller au son des premiers attentats terroristes. Il referma soigneusement la fenêtre car il se souvenait que, la semaine précédente, un bras déchiqueté avait atterri sur le lit alors qu'il se préparait à mettre des étoiles dans les yeux d'une femme de diplomate tchèque de 16 ans qui en faisait facilement 17. Cet événement impromptu avait fatidiquement cassé l'ambiance, et la fille s'était rhabillée avant de s'enfuir. Il avait dû soulager ses tensions subventrales devant la rediffusion d'un épisode de Derrick enquêtant sur des petits trafics d'eau de Cologne dans de menus lotissements répétitifs d'une ville moyenne de Westphalie, moment peu glorieux qu'il ne souhaitait pas revivre.

Bruce s'approcha de Jeanne, les mains chargées de deux cocktails au gingembre surmontés de mini-parasols pailletés et avec l'indolence hypnotique du python, équipé de son regard qui foudroie les réticences ; il sentait déjà les résolutions de Jeanne fondre comme un Japonais à Nagasaki. Elle accepta le verre et il approcha la main de son épaule afin de faire glisser la bretelle tendue de sa robe évanescente. Les lèvres charnues de Jeanne se retroussèrent sur un sourire carnassier annonciateur d'explosions atomiques horizontales.

– Dis donc, le bonobo, tu vas calmer tes ardeurs, bas les pattes merci, je ne suis pas ta chose, bien à vous, bazooka Jeanne.

Bruce vacilla sur les bases poilues de sa virilité.

– Je suppose qu'il s'agit d'un de ces non qui veut dire oui ?, cligna-t-il d'un œil mal assuré avant de se faire gifler d'un revers de main bagué, comprenant qu'il allait passer la nuit sur le canapé du salon avec Coraya.

Pendant ce temps, l'auteur ricanait en tripotant sa revanche.

L'auteur était ravi de la journée telle qu'elle s'engageait.

Des rumeurs folâtraient sur les réseaux sociaux. Claude Lelouch, le fabricant de cinéma, s'était fait voler la sacoche contenant le post-it sur lequel il avait écrit le scénario de son prochain film. Mais le grand homme avait su réagir : il se préparait à acquérir les droits d'*Albert et l'argent du beurre* et avait en projet de le tourner avec son téléphone portable En plus de cela, Joëlle de la Friche, de la formidable maison éponyme, avait liké la prépublication du chapitre 17 sur Facebook : il y aurait probablement moyen de faire monter les enchères entre éditeurs concurrents et néanmoins amis afin d'obtenir une avance sur droits vertigineuse, et tant pis pour Jean-Christophe Flammard, des indécrottables Éditions Flammard (le rêve de tout écrivain). L'auteur ferma les yeux, s'imaginant devenir tellement riche qu'il achèterait le département de la Creuse pour en faire un loft avec une piscine et une chambre d'amis après en avoir déporté les cinquante-quatre habitants dans le Limousin.

Une annonce d'Albert le tira de sa torpeur paradisiaque.

– Salut la compagnie, je me rends de ce pas autoritaire et assuré au village provençal, refaire le plein de sardines et écouter l'accent chantant de l'autochtone anisé. J'en profiterai pour stipendier la crémière supersonique qui se trouve être le sosie sympathique d'Édouard Philippe, l'ancien Premier ministre de la France, afin qu'elle nous procure la motte de beurre de baratte adaptée à nos pantagruéliques festins, tonitrua-t-il.

– Il est tout à fait bienvenu que vous parliez de cela, s'il vous plaît, merci, parce que justement, je suis un régime daltonien et *gluten free* à base de salade verte (ou rouge), de tofu soyeux, de quinoa et de graines germées issues de l'agriculture biologique. Inutile de vous dire que l'idée même d'ingurgiter les corps dépecés d'animaux morts me soulève le cœur à la mesure de la nuit que j'ai failli passer pas plus tard qu'hier soir avec un singe priapique, merci, sans façon, déclara Jeanne avec la délicatesse d'une pelleteuse.

Bruce, qui mangeait une banane, la reposa discrètement et resserra la ficelle de son jogging. Il percevait la puissance d'attraction qu'il exerçait sur cette jeune assistante d'édition – la pauvre semblait lutter contre ses pulsions avec la dernière énergie du condamné pour retarder l'inexorable – et sortit dans le parc pour un footing léger malmené par de petites séances d'abdominaux ronflantes.

– Albert, au sujet de mon régime sans viande, si vous ne trouvez pas de tofu soyeux, rapportez-moi donc une bombe lacrymogène, s'il vous plaît, je vous en prie, se défendit Jeanne en observant Bruce effectuer des mouvements de hanches assouplissants garantis sans OGM.

Dans cette ambiance électrique, Coraya, qui avait finalement renoncé à une carrière américaine dans un vulgaire *page turner* artificiellement trash et sans saveur pour garder sa place dans le présent opus par amour de la littérature, se dirigea vers la salle de bains en chantonnant *Le Lundi au soleil*, ce qui, historiquement, n'augurait rien de bon.

Écrire un best-seller pour les nuls, de Jérôme Page, chapitre 9 : « N'hésitez pas à régulièrement résumer les épisodes précédents, en utilisant la technique de la répétition laxative à l'attention de vos lecteurs les plus engorgés. »

Albert s'était donc rendu en vitesse et en Forsche au village provençal, tandis que Bruce sculptait son corps sur la pelouse et que Coraya prenait une douche. Jeanne qui, conséquemment, s'ennuyait un peu, ouvrit un livre épais et possiblement chiant. L'auteur bâilla. Le chapitre menaçait d'être un peu longuet jusqu'au dénouement, malgré un déferlement de phrases en tension pour un effet volumateur maximal au niveau du suspense.

Albert fut enfin de retour, après avoir fait crisser les pneus de la Forsche.

– Je n'ai pas trouvé de graines germées, alors j'ai pris des frites au four et de la sauce Samouraï, déposa-t-il les courses sur le buffet Gruhnläx avec satisfaction.

Jeanne eut l'impression de vivre un complot visant à la crucifier à petit feu.

– Par ailleurs le boucher n'avait pas de tofu, mais il m'a assuré que le foie de veau avait la même texture. Un peu cher, mais j'ai décidé de mettre le paquet pour vous satisfaire, j'en ai donc pris 2 kilos, triompha-t-il alors que Jeanne soupirait de haine tout en étant un peu soulagée d'entrevoir le vert tapageur et lumineux d'une salade dépasser du cabas.

Sur ces entrefaites, Bruce fit irruption dans la pièce. Il ressemblait à une statue grecque en jogging et adressa des cœurs avec les doigts à ses camarades en leur souhaitant à tous la paix dans le cœur et dans l'âme, ce qui paraissait un peu suspect.

Soudain on frappa à la porte. Albert ouvrit et un homme d'âge mûr pourvu de cheveux frisés, de lunettes épaisses, d'un menton proéminent et d'un pardessus mou pénétra dans la cuisine, les yeux rivés sur l'écran du téléphone qu'il tenait devant lui à bout de bras.

– Bonjour, je suis Claude Lelouch, j'ai acheté les droits d'adaptation de ce livre et je suis venu faire des repérages, ne s'embarrassa-t-il pas en sillonnant la pièce sans cesser de filmer.

– Monsieur Lelouch, je suis ravi de vous rencontrer, je ne sais pas si vous avez déjà réuni votre casting formidable, mais je vous signale, au cas où, que, parmi d'autres talents, je suis assez connu dans ma famille pour mon imitation de Stephen Hawking, se vanta Bruce en s'affalant sur le canapé éventré, la tête penchée sur le côté, la bouche tordue bavassant quelques borborygmes scientifiques et humides.

Tout le monde fut très gêné par cette éprouvante démonstration, sauf Claude Lelouch, qui stoppa net son travelling féroce et leva les yeux au ciel en se tenant le menton.

– Je n'y avais pas pensé, mais pourquoi pas ? Je n'ai rien contre les sauts créatifs dans la frénésie de l'instant, nous pourrions appeler ça *Stephen et l'argent du beurre*. Je vais y réfléchir, se remit-il à faire du cinéma avec ardeur alors qu'un sourire illuminait le visage caréné de Bruce et qu'Albert fulminait, un petit nuage noir au-dessus de la tête.

Puis il filma avec application la porte de la salle de bains d'où s'échappait une sensuelle mélopée à base d'Alexandrie, d'Alexandra et de Toupoutoup Toup.

– C'est Claude François, dans la salle de bains ? Formidable !, j'ai toujours rêvé de tourner avec lui, j'adore les chanteurs morts, rayonna-t-il comme un petit soleil.

Il pointa ensuite sa caméra sur une salade posée sur la table et se mit à lui parler comme à une actrice, avec de petits chuchotis sensuels. Il était ému, il voulait qu'elle fasse l'amour avec l'objectif, il la trouvait bouleversante.

Puis il sortit en trottinant, expliquant qu'il avait assez d'images pour plusieurs films mais qu'il repasserait sûrement.

– Catastrophe, il est parti trop vite, je n'ai même pas eu le temps d'évoquer avec lui le script écrit par mes soins qui devrait me valoir une gloire en forme d'apothéose sur un tapis rouge de la Croisette, s'effondra Bruce.

– Un biopic sur Harvey Weinstein ?, sarcasma Jeanne.

– Pas du tout. C'est une histoire librement inspirée de *Shaolin Soccer*, un film formidable dans lequel des moines chinois qui pratiquent le kung-fu sur le bout des doigts se mettent au football avec des figures voltigeuses et bondissantes qui sidèrent leurs adversaires de pétrification. Mon film, lui, se déroule dans l'univers singulier de la belote. Avec des acteurs nains. Ça s'appelle *Shaolin Dwarves Belowte* car oui, j'ai ajouté un W à belote pour faire américain, asséna fièrement Bruce.

S'ensuivit un long silence sans frein. Jeanne et Albert étaient assez favorablement impressionnés tant Bruce semblait avoir étudié son projet. Enfin, Coraya sortit de la douche, fumante et récurée, pimpante et guillerette.

C'était probablement une fin de chapitre légèrement décevante pour les lecteurs qui s'attendaient peut-être à une tintamarresque électrocution à paillettes, mais l'auteur ne pouvait plus se permettre, à ce stade de l'intrigue, de perte supplémentaire concernant les protagonistes de son prodigieux récit. Par ailleurs, personne n'avait envie d'envisager une nouvelle autopsie par l'horrible petit médecin récent et fondu.

– Jeanne, un seul mot de vous et je vous réserve un rôle de premier plan dans mon film, s'approcha Bruce, subreptice comme un boa motorisé et muni de gros sabots.

– Quel genre de mot, Bruce ?, ingénua Jeanne avec quelque précaution hormonale.

– Je n'y ai pas réfléchi, vous me prenez de court à l'improviste, s'empêtra Bruce.

– De toute façon, je ne comprends rien à votre histoire de shaolin de la belote, lança vainement Jeanne pour pointfinaliser cette consternante conversation.

– C'est pas compliqué, voyez, les moines shaolin, ce sont les rois du kung-fu, ça va super vite, hop, ils sont là… Ben non, whoop, en fait ils sont déjà là.

Il enchaîna une série de mouvements qui mêlaient karaté et distribution de cartes accompagnée d'onomatopées stridentes et pagnolesques, sans se rendre compte que ces gesticulations bruyantes ressemblaient plutôt à une émission de débat sur C8 qu'à l'idée que l'on se faisait d'un scénario.

Jeanne souleva des sourcils perplexifiés.

– Et ça, c'est quoi ?, fit-elle habilement dévier la conversation en désignant le trou dans le mur, d'un doigt raidi par la curiosité.

– C'est un trou dans le mur, enchaîna Albert avec un sens de la synthèse qui rappelait sa cuisine.

Il n'avait même pas levé les yeux de son tricotage de chaussette, qui venait subitement de changer une nouvelle fois de couleur par le truchement d'une pelote jaune. C'est le moment que choisit Coraya, considérant que nous étions à peu près au milieu du livre, pour faire un résumé de ce qui s'était passé jusqu'alors, afin d'éviter que Jeanne ne continue à poser des questions qui ralentissaient l'effervescent roman, mais aussi en vue d'aider les futurs écoliers mous qui étudieraient ce texte en cours de français à rédiger leur fiche de lecture sans avoir à se taper l'intégralité de ce pavé de plus de cent pages.

– Au début, ils étaient trois, Bruce, Albert et une autre dont il n'est pas nécessaire de retenir les prénoms puisqu'elle est morte d'une cystite en prenant un piano sur la gueule avant que je ne la remplace avantageusement. Auparavant, Bruce avait percé un trou dans le mur pour une raison mystérieuse qui tint le lecteur en haleine pendant un bon tiers de l'ouvrage. En ce qui concerne l'intrigue, Albert, notre serviteur, tricote une longue chaussette de laine et cuisine des sardines, Bruce fait de l'exercice en s'entraînant pour le Championnat de Mots croisés à Genoux et en rêvant de cinéma, et moi je suis à la fois l'égérie érotique de Bret Easton Ellis et la sauce béchamel qui assure le liant et la cohérence du présent roman. Comme personnages subalternes, nous avons un médecin récent, une crémière supersonique qui se trouve être le sosie idéal d'Édouard Philippe, l'ancien Premier ministre de la France, un vitrier propice, Claude Lelouch et l'auteur intempestif. Le décor est mi-provençal, mi-scandinave, et la voiture est une Forsche, imitation de marque allemande fabriquée en Corée avec des pièces en plastique de Twingo et un moteur de centrifugeuse. À part ça, je suis contente que vous soyez là parce que je déteste dormir seule, condensa Coraya.

L'auteur s'offusqua légèrement de se faire traiter d'intempestif et envisagea, à plus ou moins long terme, de faire changer les ampoules de la salle de bains par Coraya, les pieds nus dans une flaque. Il était cependant assez content de ce chapitre de transition qui avait la consistance d'un flan à la vanille, notamment parce qu'il avait réussi à placer le mot truchement (*Écrire un best-seller pour les nuls*, de Jérôme Page, chapitre 12 : « Tous les grands romans du XXe siècle contiennent les mots "truchement" et "salmigondis". »)

Bruce, Coraya et Jeanne furent soudain tirés de la torpeur ensoleillée du début d'après-midi par un cri déchirant d'Albert, et songèrent que c'était une manière de s'exprimer franchement désagréable pour les oreilles.

Mais, s'approchant, ils constatèrent que leur camarade venait de se trancher la main gauche avec un énorme couteau alors qu'il était en train d'effeuiller les sardines du soir. Sa main coupée gisait – du verbe gésir – au fond de l'évier, et de petits geysers de sang frais jaillissaient de son poignet.

– Ça me rappelle mes vacances en Islande, évoqua Jeanne avec une pointe de nostalgie.

– Et voilà, fini le petit tricotage ! Shhhhhh..., observa Bruce qui avait pris soin de se boucher le nez pour imiter la voix de Dark Vador, ce qui, dans d'autres circonstances, aurait beaucoup amusé les autres, mais leur arracha seulement de francs sourires car il était malvenu de se moquer de la détresse démembrée d'un serviteur dans un roman autorisé pour une large audience.

– Vous avez mal, Albert ?, louvoya Coraya, à qui il semblait hors de question que tout le monde y aille de sa petite réplique et pas elle. On ne peut rester sans agir, il faut faire quelque chose, s'empara-t-elle d'une éponge pour laver à grande eau l'évier dégoulinant de sang vermillon.

Elle nettoya la main avec autant de soin, la brossant bien sous les ongles.

– Quelqu'un pourrait empêcher le saignement ? Je ne vais pas refaire le ménage trois fois !, s'insurgea-t-elle avec une pointe de reproche.

Jeanne, qui en connaissait un rayon côté soins par les plantes biologiques, proposa qu'on verse sur la plaie quelques gouttes d'huile essentielle de ciste ladanifère, antibactérienne, anti-infectieuse, neurotonique, coagulante et cicatrisante. Bruce, qui adhérait assez fortement à l'idée générique que ce ne serait pas suffisant, annonça que le mieux était encore de bander.

– Comme si c'était le moment…, pensa très fort Coraya.

L'échec de l'huile essentielle étant consommé, il fut décidé d'emballer le bras d'Albert dans sa chaussette de 18 mètres et de faire une nouvelle fois appel au médecin récent. Coraya pensa à mettre la main au congélateur comme elle l'avait vu faire dans un film urgentiste à l'époque où elle était caissière chez Picard. Le congélateur étant déjà plein, ils durent se résoudre à manger une glace à la vanille pour y faire de la place en attendant les secours.

Coraya se dévoua pour sustenter Albert en crème glacée, lui dont la dernière main était occupée à maintenir la chaussette autour de son bras. Il ouvrait la bouche tandis que Coraya scandait « une cuillerée pour Papa, une cuillerée pour Maman, une cuillerée pour la petite Jeanne, une cuillerée pour le médecin récent qui est en route pour réparer les petites bêtises d'Albert », etc.

C'était très divertissant, surtout lorsque, dans un faux mouvement, elle étala de la glace sur le nez d'Albert dans une ambiance de franche et sympathique poilade fraternelle.

Le médecin récent, qui avait repris forme humaine, ausculta la bouche d'Albert avec un abaisse-langue et une lampe frontale, puis il lui tapota les genoux avec un petit marteau rigolo.

– Pour 10 euros de plus, je peux lui prendre la tension, mais d'après moi, il n'a pas grand-chose. Est-ce qu'il mange bien ?, insinua-t-il.

– Pour ça, oui, il vient d'avaler la moitié d'un pot de glace à la vanille, confirma Coraya avant d'extirper la main coupée du bac inférieur du congélateur.

– Qu'est-ce qu'on fait de ça ?, interrogea-t-elle le médecin récent.

– Nom de Dieu !, jetez-moi ça, c'est dégoûtant, recula ce dernier avec une petite moue désillusionnée.

Ce qui fut aussitôt fait, Coraya n'ayant pas pour habitude de discuter les injonctions d'un docteur diplômé. Le médecin récent tapota la joue d'Albert et lui intima de se reposer.

L'auteur pensa alors que ce chapitre était assez satisfaisant sur le plan de l'intensité dramatique, tout en notant pour plus tard, sur un post-it jaune procrastinatoire, de ne pas oublier le trou.

Depuis quelques heures, Albert n'en fichait plus une rame, le bras emberlificoté dans sa chaussette illimitée. Il se plaignait en continu et commençait à saouler le monde entier avec ses jérémiades sur sa main gauche alors qu'il était fondamentalement droitier.

– Je n'en peux plus, il n'arrête pas de geindre, ma main par ci, ma main par là, on ne va pas supporter ça jusqu'à la fin du livre, lança Bruce en observant Albert endormi dans un fauteuil, la tête penchée, la bouche grand ouverte et ronflant comme un vélomoteur de marque japonaise avec guidon torsadé en option.

– Ne m'en parlez pas, j'ai dû lui faire trois fois ses lacets depuis ce matin, mettons-lui des tongs et qu'on passe enfin à autre chose, ajouta Coraya qui en connaissait un rayon puisqu'elle chaussait du 44.

– Je veux bien que l'on crée des rebondissements chamarrés afin de titiller l'attention d'un lectorat avide de sensations, mais là, c'en est trop, empila Bruce.

– Mettons-nous en grève !, manifesta Jeanne, le poing au ciel, car elle n'était jamais la dernière à s'élever contre les mesures coercitives de l'autocratie envers les travailleurs spoliés.

La grève fut votée à trois voix contre zéro et prit effet immédiatement, après un appel à la convergence des luttes. Ils s'assirent par terre en égrenant des slogans tels que « Handicap, t'es pas cap ! », « Manchot, c'est chaud ! » ou encore « Les prothésistes avec nous ! ». L'auteur, qui avait envisagé quelques déroutes mais aucune de cette ampleur, se demanda comment réagir pour rétablir la paix sociale sans avoir les moyens de se payer un bataillon de CRS, des grenades lacrymogènes, des chars à eau, des lanceurs de balles de défense, des vitrines caillassées, des yeux crevés et des amputations sauvages. Dans un moment de panique, il imagina le stratagème suivant, qui tenait du subterfuge.

Coraya s'éveilla en sursaut au milieu de draps trempés. Elle arborait un petit air hagard en époussetant quelques restes de sommeil. Toute à son trouble, elle se leva et scruta Albert qui, de dos, travaillait à sa chaussette. Elle s'approcha à menus pas frustrés.

– Tu as tes deux mains ?, s'épouvanta-t-elle devant l'étonnant spectacle des aiguilles à tricoter en action.

Puis elle se jeta sur lui en le serrant fort entre ses bras comme un doudou moche dont on ne veut pas se séparer.

– Merci mon Dieu, tu as tes deux mains, tout ceci n'était qu'un horrible cauchemar !, l'enlaça-t-elle de plus belle.

Albert ne s'attendait pas à cet élan. Il n'avait rien contre les marques d'affection, mais il repoussa légèrement Coraya, qui, malgré son nom de surimi, était un homme, car il était hétérosexuel à 86 %. Très perturbé par ce qui venait de se passer, il préféra ne rien dire. Puis changea tout à coup d'avis.

– Et toi au fait, ton œil de verre, ça s'arrange ?, questionna-t-il tout en se disant qu'il aurait mieux fait de se taire, ce que lui confirma la gifle prodigieuse qu'il dut souffrir.

L'auteur était rassuré. Finalement, tout était bien qui continuait bien. La grève avait été dispersée avec la vigueur d'un gouvernement de centre-droit sans trop de dégâts collatéraux, et l'intrigue allait pouvoir rebondir du bon pied vers un horizon sans nuages susceptibles de troubler les tumultueuses aventures à venir.

L'auteur s'entretenait tous les matins grâce à un programme baptisé « Éveil et forme », qui consistait à effectuer une série rapide de tractions en lisant le classement des ventes de livres de la veille. Il avait constaté une tendance générale lourde comme un petit tracteur ou mille quatre cent cinquante-deux enjoliveurs de Volvo : les premières places étaient systématiquement occupées par des ouvrages sur les chats ou sur les recettes faciles de terrines végétariennes. Il décida d'en tenir compte pour la suite de son récit.

– Regardez ce que j'ai trouvé, s'enorgueillit Bruce de retour d'un footing léger et fluide en brandissant sous leurs yeux ébahis une sorte de boule de poils roux, humide et miaulante.

– Quel bonheur, j'ai toujours rêvé de posséder un teckel, strabisma Jeanne de manière divergente tandis qu'elle cherchait ses lunettes depuis son lever.

– Il faut lui trouver un nom, coraya Coraya, agenouillée sous le canapé à la recherche de son œil qui avait une nouvelle fois roulé ailleurs.

– Mâle ou femelle ?, genra Albert alors que tous se penchaient sur le petit animal avec l'idée généreuse de lui donner un sexe, dans un élan commun d'indécision vétérinaire.

– Comme on n'est pas très sûrs, on n'a qu'à le prénommer Coraya, grommela Bruce, pragmatique.

Le nom fut adopté à l'unanimité moins Coraya (l'autre) qui était en train de se dépoussiérer l'œil sous un filet d'eau tiède, sans qu'aucun ne se doute que cela risquait de créer, pour la première fois, de menues confusions frivoles dans un récit jusqu'ici parfaitement maîtrisé dans sa structure et son agencement.

– Je m'en vais de ce pas, avec la créativité qui a fait ma réputation dans les cuisines du buffet de la gare de Montceau-les-Mines, lui confectionner une terrine végétarienne dont je compte vous livrer l'exubérante recette, sadisa Albert en se saisissant d'un fouet et d'un cul-de-poule.

– On va plutôt en profiter pour lui fourguer les sardines !, se regroupèrent les autres en un cri commun de soulagement effréné.

L'auteur soupira. Et résolut, en plein accord avec la page 37 du fameux *Écrire un best-seller pour les nuls*, de Jérôme Page (« Concentrez-vous à tout prix sur le fil continu qui sous-tend votre narration et oubliez les terrines »), de se concentrer à tout prix sur le fil continu qui sous-tendait sa narration et d'oublier les terrines.

Le lendemain, franchement tôt, Coraya commença à gratter à la porte car elle avait passé la nuit dehors. Au même moment, Coraya s'étira dans ses draps froissés par l'ennui et s'extirpa du chaud de la couette.

– Coraya, Minou, viens manger les sardines à tonton, angora Albert.

– Non mais dis donc, toi, on n'a pas gardé les chaussons ensemble, s'emporta Coraya.

– Ça devient un peu compliqué cette affaire de prénom, on va encore perdre des lecteurs. Soit nous faisons dans l'outrance hardcore et avant-gardiste et nous décidons de tous nous appeler Brigitte, soit nous réglons ce problème, s'il vous plaît, on ne va pas se cogner deux Coraya jusqu'à la fin du livre, cordialement, merci, imposa Jeanne en prenant les choses en main à la grande satisfaction de l'auteur qui en avait ras le casque de leurs frasques.

Bruce, qui faisait des mouvements de membres en tenue de gym, proposa de noyer l'une des deux Coraya dans la Vologne, avant de se rendre compte, grâce à l'application viamichelin, que la demeure provençale se trouvait exactement à 748,4 kilomètres du cours d'eau par la A7, soit 7 heures et 26 minutes de voiture, distance que leur vieille Forsche ne serait sans doute pas en mesure de couvrir. L'idée d'exploiter une autre rivière à proximité fut également abandonnée car ils n'avaient que des petits sacs et que le mini-chat était trop mignon avec ses frisettes.

– On dirait le rejeton royal et miaulant d'une Persane et de Stéphane Bern, avec mes respectueuses salutations, analysa Jeanne.

– Désolée, mais il n'est pas question que je change de prénom, je porte le même depuis trente-huit ans, surimit Coraya.

Bruce, épaté par son âge, lui demanda quels produits de beauté elle utilisait afin de n'y avoir jamais recours, vu qu'il lui donnait 45 ans. Il évita de justesse une paire de stilettos panthère qui atterrit dans un fracas de verre brisé sur les assiettes sales empilées de la veille.

– Bravo les gars, ça me fera déjà ça de vaisselle en moins, gants-mapa Albert.

– Tout ça ne nous dit pas comment nous allons renommer ce chat frisé au sexe indéterminé afin qu'on ne le confonde plus avec Coraya, tempêta Jeanne.

Il y eut alors plusieurs propositions : Frottis, Pétale, Stéphane Bern et Marmiton. Las, lors du vote qui suivit, chacune reçut une voix.

L'auteur se mit à bouillir d'une impatience qui menaçait de se transformer en envie meurtrière à la vitesse d'un petit buffle au galop :

– On se fout du nom de ce putain de chat qui de toute façon risque de se faire aplatir par l'une des roues de la Forsche à l'heure du prochain marché. Pour le moment, ce sera le Chat, et puis vos gueules. En revanche, j'aimerais bien que, chaque matin en vous levant, vous vous demandiez ce que vous pourriez faire pour ce livre. Le lecteur n'en peut plus de vos circonvolutions : il veut de l'action.

Il y eut un long silence interloqué. Les personnages s'observèrent en essayant de comprendre ce que l'autre avait compris, ce qui peu ou prou ressemblait à une scène au ralenti du film *Gravity*.

– On pourrait se faire une petite omelette, tortilla Coraya qui avait décidé de s'occuper de l'avenir du roman et de happer le lecteur sans lésiner sur l'action, l'esbroufe et les œufs battus.

Le lendemain, ce qui devait arriver arriva sans prévenir quoiqu'un peu tout de même. Albert rentra des courses avec, dans les bras, le petit chat frisé aplati, celui que l'on nommait désormais le Chat. L'animal venait de se faire rouler dessus par la Forsche sans pitié et semblait tétraplégique d'à peu près tous les membres.

Bruce, qui avait décidé de pratiquer le naturisme furtif, entra à ce moment-là dans le salon sans s'annoncer, nu comme un lombric, et se fit un café.

– Je suis tellement libre, c'est formidable. J'ai l'impression d'être le premier homme de l'humanité, avant la dictature du slip, touilla-t-il son petit noir avec une sérénité pépère – autre nom de la petite cuillère dans certaines contrées.

Pendant ce temps, Jeanne observait le chat / chapeau d'paille / paillasson qui miaulait plaintivement. Ils décidèrent de le poser sur la cheminée, comme un petit napperon au crochet.

– La crémière supersonique, sosie à l'identique d'Édouard Philippe, l'ancien Premier ministre de la France, a ouvert un petit corner de produits de la mer, et figurez-vous qu'elle faisait pas plus tard qu'aujourd'hui une promotion plantureuse et échevelée sur la poutargue, alors j'en ai pris 6 kilos, barracuda Albert avec un éclair de triomphe dans l'œil.

Quand l'heure du dîner sonna et qu'ils se mirent à table, Albert présenta son plat.

– Je suis parti sur une alliance terre-mer en travaillant le produit dans sa nudité complexe. Avec la règle des 3 G : le goût, le goût, le goût. J'avais du foie de veau, je n'ai pas hésité, ni une, ni deux, j'ai décidé de le poêler, trois minutes de chaque côté, pas plus, on garde le jus à l'intérieur, on garde la mâche. Sel, poivre au moulin, rien d'autre, on reste sur la noblesse du produit mais il faut rehausser. J'ai donc râpé une bonne dose de poutargue sur chaque tranche, en copeaux, pour donner du croquant et un peu d'acidité. J'ai baptisé cette recette, tenez-vous bien : « Foie de veau à la poutargue. » Fermez les yeux, sentez comme ça vous transporte, c'est à la fois rural et marin, on s'imagine déjà les pieds dans une bouse face au varech : c'est pas de la cuisine, c'est un univers que je vous offre. J'espère que le jury appréciera, en tout cas, moi je suis content, j'ai tout donné, bocusa-t-il.

Le résultat fut assez diversement reçu. Jeanne, qui ne broutait que de la salade, ricana ; Bruce se retira dans sa chambre après la première bouchée et à la suite d'un soi-disant coup de fatigue ; Coraya, elle, était tellement déprimée qu'elle demanda s'il restait des sardines.

Le chat qui se nommait désormais le Chat était heureusement moins difficile. Il était même, par certains côtés, devenu assez pratique : il ne courait plus à tort et de travers, ne renversait plus rien dans la maison et avait cessé de faire ses griffes sur les fauteuils. Évidemment, il y avait aussi quelques inconvénients : il fallait le nourrir avec une sérénité pépère, autre nom de la petite cuillère dans certaines contrées, et ils devaient aussi penser à le vider deux heures après, en le roulant bien serré, comme un tube de dentifrice, au-dessus de sa litière.

Après une nuit convenable durant laquelle il ne se passa rien, les personnages se retrouvèrent dans la cuisine pour un petit-déjeuner de guingois.

– Je suis plutôt satisfaite de participer, mais en tant qu'assistante d'édition, je dois dire que ma perplexité, s'agissant de ce livre, ne cesse de croître à mesure que j'en vis l'intrigue. Je me demande bien qui achètera un truc pareil, dans lequel il ne se passe quasiment rien, et j'avoue que je peine à saisir la stratégie commerciale de Jean-Christophe Flammard, des splendides Éditions Flammard, le rêve de tout écrivain. À mon avis, il faudrait une grosse péripétie pour relancer la machine. Un meurtre sordide, par exemple. Ou une tempête de neige qui cloîtrerait les personnages dans un huis clos délétère, avec des moquettes moches, un petit connard sur un tricycle, des jumelles maléfiques et du sang sur les murs s'il vous plaît, veuillez agréer l'expression de mes sentiments les meilleurs, bruncha Jeanne en noyant ses céréales issues de l'agriculture biologique sous un flot de lait d'amande.

– En ce qui concerne le meurtre sordide, je suis okay. En revanche, pour la tempête de neige, je vous le dis tout de go : c'est niet. On m'a vendu un roman printanier et calorifère dans un petit coin de paradis provençal, alors je suis venue comme j'étais, avec trois petites robes légères, des dessous froufroutants, une paire de tongs et 140 litres de cire à épiler, et il est hors de question que je me gèle les couilles, s'astiqua Coraya.

– Désolé, mais si le livre était à ce point médiocre, comme vous le suggérez, Claude Lelouch n'en aurait pas acheté les droits pour en faire un film avec son téléphone, interluda Albert en gloutonnant son sandwich au foie de veau, avant que sa phrase ne laisse place à un long silence qui ressemblait à un suicide collectif par pendaison dans une forêt de la Nièvre pendant le mois de février le plus froid du millénaire.

– Bon, y a-t-il un ou une volontaire pour se faire égorger comme un goret avant d'être débité à la hache et de terminer en un tas de cendre sur un talus dans des odeurs de chairs brûlées par amour de la littérature ?, exhiba Bruce, nature et découvert, sans slip et sans gêne.

Ils se jaugèrent du regard. Autant l'admettre, aucun candidat ne se déclara. Ils décidèrent alors et d'un commun accord qu'il serait préférable que la victime soit un personnage subalterne, comme le médecin récent, la crémière supersonique ou, mieux encore, le vitrier propice. C'est le moment que choisit le gendarme attendu pour frapper à la porte. Il portait l'un des somptueux costumes qui avaient fait la gloire du groupe Village People et, leur présentant un petit sac empli de poudre grise, demanda s'ils le reconnaissaient. Devant leur mine déconfite, il leur annonça qu'il s'agissait du vitrier propice du village, qui venait de faire faux bond à la vie pour cause de meurtre. L'épatante enquête ne faisait que débuter, aussi le gendarme attendu leur demanda de rester à la disposition des autorités afin qu'elles puissent procéder à toute vérification futile dans le but d'une résolution prompte et carrée.

Dehors, le soleil pointu et le ciel lisse sentaient le presqu'été. Dans la cuisine, le temps s'étirait comme une pâte à pizza.

– J'espère que Jean-Christophe Flammard, des historiques Éditions Flammard (le rêve de tout écrivain), a pensé aux produits dérivés. Beaucoup de gens seraient heureux de pouvoir boire leur tisane ventre plat dans un mug *Albert et l'argent du beurre*, et je suis sûre que des tas d'enfants rêveraient de jouer avec la poupée à épiler Coraya, avec son œil amovible, ou de câliner la peluche du chat tétraplégique, prospecta Jeanne avec des petits dollars dans la pupille.

– Je vais peut-être pouvoir profiter de l'inévitable triomphe de ce roman pour sortir un livre sur mes plus belles recettes à base de poutargue, pourlécha Albert, toutes babines retroussées.

Tout à coup, le gendarme attendu frappa à la porte et entra fissa avant qu'on ne la lui ouvre car personne n'avait l'air pressé de le faire, or la gendarmerie n'attend pas quand elle est chaude.

– Je suis venu interroger le dénommé Bruce dans le cadre de l'enquête fugace afin d'établir avec célérité, prudence et opiniâtreté, la chronologie des faits concernant la réduction en cendres du vitrier propice, sherlocka le policier qui avait l'air assez fin comme limier.

– Ça m'étonnerait que ce soit Bruce, d'habitude, c'est toujours le colonel Moutarde, avec le chandelier dans le petit salon, élucida Coraya avec un haussement des clavicules.

Bruce répondit qu'il serait à sa disposition dans quelques secondes, le temps d'enfiler un slip – il tenait à faire bonne impression pour ce premier rendez-vous. Ils s'installèrent face à face comme des joueurs d'échecs se palpant la tension.

– Première question. Vous jouez pour deux heures de garde à vue, fantasia le brigadier. Vous croisez un cadavre égorgé et découpé en morceaux en train de brûler sur un talus lors de votre jogging matinal. Réponse A : vous rentrez chez vous pour vous concocter une petite purée. Réponse B : vous éteignez le feu et essayez de sauver la victime en pratiquant la respiration artificielle. Réponse C : vous prenez des photos pour contribuer à l'enquête et les diffusez sur les réseaux sociaux.

– J'hésite entre la C et la D… Mais comme il n'y a pas de D, je me jette à l'eau, je dis C, maestria Bruce.

– Bravo. Deuxième question, vous jouez pour quatre heures de garde à vue. Un bidon d'essence vide est retrouvé à quelques dizaines de mètres de votre domicile. Réponse A : vous précisez que vous l'avez utilisé pour allumer votre appareil à raclette. Réponse B : vous expliquez que vous étiez au même moment en train de faire des camemberts sur Power Point. Réponse C : vous gardez le silence et insistez pour obtenir l'assistance d'un avocat, poursuivit le gendarme attendu.

– C'est de plus en plus difficile, je pense que je vais demander l'avis du public, pataugea Bruce.

Le public, composé d'Albert et de Jeanne, vota à 50 % pour la A et 50 % pour la C, ce qui n'avança pas beaucoup Bruce, lequel sentit les mailles du filet se resserrer sur lui comme un jean de taille 36 sur des fesses de 42 ans. Il répondit finalement B et fut éliminé. Le gendarme attendu lui lança son petit regard de Clint s'apprêtant à dégainer sous son poncho empoussiéré, examina sa montre et déclara sans jambage qu'il le convoquerait après sa RTT, et qu'alors, on allait voir ce qu'on allait voir et vice-versa.

Le lendemain, Bruce se rendit d'un pas alerte à la gendarmerie pour la garde à vue de deux heures qu'il avait gagnée la veille. Il exigea la formule All Inclusive, avec menottes, radiateur, fouille gantée, annuaire téléphonique et Nescafé offert. Il fut tout de même un peu marri car le gendarme attendu était absent pour cause de décès consécutif à un accident domestique – alors que même un enfant de 8 ans sait qu'il ne faut jamais descendre un escalier ciré en chaussettes, avec à la main une scie sauteuse allumée et seize verres de Ricard dans le cornet.

Par manque d'effectifs, le gendarme attendu avait été remplacé in extremis par sa pauvre maman désormais endeuillée, infirmière de son état mais à la retraite depuis l'apparition du Minitel. Elle se mouchait beaucoup. Peu familiarisée avec les outils informatiques défectueux, elle décida de pratiquer l'interrogatoire avec un papier, un crayon et une boîte de Kleenex.

– Qu'avez-vous à déclarer ?, chouina la maman endeuillée en noircissant les petites cases de sa feuille quadrillée comme un damier un peu bâclé car elle dépassait souvent.

– Rien du tout, je m'attendais à ce que vous me posiez des questions dans le but de régler cette sordide affaire avec panache, en réunissant à la fin tous les protagonistes dans une pièce pour annoncer que le coupable était celui auquel personne n'avait pensé, agathachristit Bruce en trépignant des doigts.

– Je me sens seule, vous ne préféreriez pas aller boire un cocktail dans un endroit plus cordial et ajouré ?, caïpirinha la maman endeuillée.

– Je ne demande pas mieux, mais j'imagine que vous devez rédiger un rapport, non ?, margarita Bruce.

– Je pense que je vais conclure au suicide, comme ça on n'en parle plus et on va se coller une grosse mine au whisky sour, t'en penses quoi, Bruce, mon pote ?, piñacolada la vieille dame en usant soudain de petites familiarités.

Ils traversèrent la rue en débattant de sujets controversés et entrèrent dans la boutique de la crémière supersonique qui avait créé un bar lounge derrière les camemberts. Bruce commanda un Brie de Meaux Sunrise et la maman endeuillée opta pour un Munster Fizz. Celle-ci lui parla beaucoup de son fils en faisant des bulles dans son verre avec sa paille et en se mouchant dans la nappe, ce qui ne facilitait guère la compréhension – mais Bruce n'en avait cure car il l'écoutait avec restriction.

Après avoir descendu quelques verres odorants et grignoté des postiches, une variété portugaise de pistaches à moustaches, ils se séparèrent en se tapant dans la main. La maman endeuillée tituba jusque chez elle de manière politiquement correcte, sans crier de slogans nazis ni faire de doigts d'honneur aux automobilistes sporadiques. Bruce, lui, rentra à longues foulées sportives afin de gérer une petite contrariété : s'il avait l'impression de s'être honorablement tiré d'affaire pour le prix de quelques cocktails fromagers, il n'en était pas moins ennuyé de dépendre des sautes d'humeur d'un auteur qui semblait prendre un malin plaisir à le placer dans des situations embarrassantes, pour ne pas dire perverses.

Conséquemment, l'auteur en eut par-dessus l'épaule de se faire traiter de pervers et, alors que rien ne l'annonçait et que Bruce n'était qu'à la moitié du parcours et démuni de tout K-way, il se mit à pleuvoir à verse. Le jogger leva son petit poing vers le ciel en maudissant l'auteur et continua sa course humide en regardant en l'air, au cas où il y aurait un piano à éviter. Il arriva trempé comme un rideau de douche. De dépit, il se laissa couler sur le canapé éventré. Il soupira longuement quand soudain il se mit à fixer le trou dans le mur, face à lui. Tout autour, l'enduit s'était fendillé en forme d'étoile, ce qui finalement ne lui évoqua rien, car il n'était pas proctologue, mais lui procura un petit vertige.

– Qui veut des sardines pour le petit-déjeuner ?, tartina Albert sans soulever d'enthousiasme excessif car c'était un peu comme s'il avait proposé : « Et si on allait se faire une petite baignade sur une plage du côté de Fukushima ? »

Tous étaient très surpris que Bruce s'en soit tiré à si bon compte alors qu'un faisceau d'indices concordants et de présomptions aiguisées l'avait placé en position latérale de sécurité. Il était cependant rentré de son footing élastique avec la presse du jour et avait senti, dans le village, une certaine défiance pleine de chuchotis inaudibles à son endroit – et même à son envers, dès qu'il avait le dos tourné.

La crémière supersonique, qui avait installé un bureau de presse derrière les saint-nectaires, lui avait rendu la monnaie avec un regard de hache effilée, celle qui lui servait habituellement à tailler des copeaux de parmesan.

– Tiens, voilà Francis Heaulme, bien le bonjour, perfida Jeanne à l'arrivée de Bruce.

L'auteur jugea le moment opportun pour placer l'adjectif « marmoréen », que l'on retrouve de manière infaillible et fatidique dans tous les grands romans du XIXe siècle (selon Jérôme Page, auteur d'*Écrire un best-seller pour les nuls*, chapitre 22) : Jeanne se mit à tourner les pages du journal avec un empressement las, relevant sporadiquement la bretelle de sa petite robe noire qui contrastait si joliment avec la blancheur marmoréenne de ses épaules graciles.

L'auteur s'accorda ensuite une petite pause satisfaite en ramollissant un spéculoos dans son café. Il pensa gaiement à tous ces écrivains qui éprouvent l'angoisse de la page blanche alors que l'inspiration lui jaillissait des doigts en spray continu comme une bombe de déodorant à la senteur fauve. Pendant ce temps, Coraya caressait distraitement le chat tétraplégique qui ronronnait comme un radiateur mal purgé.

Jeanne nota que, pour les journalistes du quartier, la thèse du suicide paraissait bel et bien suspecte, tant ils avaient du mal à envisager l'auto-immolation du vitrier propice après qu'il se fut lui-même découpé en morceaux.

– On sait comment sont les journalistes, toujours prompts à remuer le fumier et à créer un scandale pour entraîner une augmentation proportionnée des ventes et satisfaire les gens friands de sordide, fouina Albert en tricotant sans vergogne mais avec la prétention d'entrer dans le livre des records.

– On devrait lancer une pétition en ligne pour protester, merci, avec mes salutations distinguées, pétilla Jeanne.

– Une pétition contre quoi?, s'exfiltra Coraya en enfilant deux doigts dans les narines du chat tétraplégique pour l'empêcher de respirer bruyamment pendant quelques minutes.

– Contre les gens friands ce serait pas mal, puisque nous en parlions à l'instant, soupesa Albert entre deux points de face et un point de côté.

Jeanne lança donc la pétition sur change.org, accompagnée d'un petit texte bien tourné qui se terminait par « Non aux gens friands, il suffit. Si vous êtes d'accord, rejoignez-nous, tous ensemble nous serons plus forts pour mettre la pression sur Édouard Philippe, l'ancien Premier ministre de la France, ses prédécesseurs et ses survivants. Salutations distinguées, merci ». C'était une bonne chose de faite, après quoi ils décidèrent de ranger leur indignation pour le reste de la journée.

Dans la maison, tout le monde semblait se méfier de Bruce, alors que celui-ci se sentait aussi innocent que le gigot d'agneau qui sort du four. Il espérait qu'un véritable coupable soit appréhendé sans tarder, afin qu'il puisse à nouveau s'emparer du couteau à beurre pour se faire une tartine sans que ses compagnons se mettent à tressaillir comme des feuilles d'érable parkinsonien.

Tout à coup, la porte retentit de coups sourds redoublés et s'ouvrit d'elle-même, laissant apparaître la silhouette épaisse et barbue d'un homme charpenté comme une montagne vociférante.

– Bonjour, je suis un avocat médiatique, je ne fais que passer, je suis un homme pressé et j'ai une furieuse envie de plaider une cause désespérée avec fracas, audace télévisuelle et bonhomie plantureuse. J'ai entendu dire que l'un de vous serait susceptible dans un avenir proche d'avoir besoin de mes services, voici ma carte, avec des numéros utiles. Utilisez plutôt celui chez BFMTV, c'est plus facile pour me choper, exubéra l'homme tonitruant enrobé de noir, avec un peu de blanc froufroutant sous le menton, avant de disparaître dans un souffle épicé et une voiture avec chauffeur.

Bruce tripatouillait la carte entre ses doigts perplexes quand son attention fut soudain vigoureusement interpellée par le mur du fond, qu'il se mit à fixer tel un lapin aveuglé par les phares d'une berline aux courbes bien poncées.

– Vous aviez déjà remarqué cette porte, là ?, tremblota-t-il en désignant l'endroit.

Non, personne n'avait remarqué cette porte, là. Autant dire qu'il se pouvait qu'elle n'y ait pas été la veille, ni même dix minutes plus tôt. Il se pouvait que ce soit une apparition brutale comme il en existe parfois dans les fictions ivres, ouvrant sur un monde étrange et fantasmagorique, ou sur rien du tout. Mais il était impossible de le savoir pour le moment car l'instant se suspendit comme une culotte propre sur la cordelette de leur questionnement, à travers une prairie d'herbes molles secouées par le mistral.

Tous fixaient la porte avec un mélange d'envie éthérée et de stupéfaction.

Coraya s'éclipsa un instant puis revint de sa chambre, une serviette sur l'épaule, affublée d'un maillot deux pièces qui protubérait à tous les étages et d'une paire de tongs brésiliennes ornées de plumes et de favelas ; elle rutilait comme un rétroviseur de Rolls-Royce, lisse et brune comme une châtaigne grâce à sa ravageuse épilation.

– J'ai vu un film dans lequel la porte, improbable, donne avec sidération sur une plage de sable blanc plantée de cocotiers fringants et où la chaleur des alizés te caresse la peau comme une feuille de papier toilettes triple épaisseur, tahitit Coraya.

– Il serait tout de même étonnant que cette porte s'ouvre sur une plage des Maldives alors que la maison se trouve en pleine terre de Provence, écrasée de soleil et de boules de pétanque, pragmatisa Albert en tirant avec fourberie sur sa chaussette pour lui faire gagner quelques centimètres.

Jeanne décida poliment que le mieux était d'essayer de l'ouvrir. Elle posa la main sur la poignée et l'y laissa quelques secondes afin d'entretenir le suspense sur une musique du Far West à base de violons, timbales, petites mélopées sifflées et yeux plissés dans la poussière soulevée par le vent. Le résultat ne fut pas tout à fait à la hauteur de leurs attentes tropicales.

– Qu'est-ce que c'est que cet endroit de merde, pardon mais cordialement tout de même, hiroshima Jeanne.

– C'est le parking du Super U de Villetaneuse, supermarcha Coraya qui en connaissait un rayon puisqu'elle avait tenu là, pendant quelques mois, une boutique qui offrait à la vente des coques de téléphones portables à l'effigie de rappeurs misogynes et de Jean-François Copé.

Dévastés par la déception, ils se préparaient à condamner définitivement l'issue infernale, quand soudain un homme en jaillit. Il claqua la porte, s'appuyant sur le battant, essoufflé comme s'il avait fui une discussion politique sur Facebook.

– Qui êtes-vous, je vous prie ?, suffoqua Jeanne.

– Je m'appelle Krassimir, répondit l'homme avec l'un de ces accents bulgares qui donnent envie de manger des yaourts brassés.

Coraya objecta qu'elle trouvait ça suspect, vu qu'habituellement Krassimir était beaucoup plus gros, de couleur orange agrémentée de pois jaune et rouille, mais personne ne releva.

– Que faites-vous dans la vie, Krassimir, à part fuir les parkings ?, roumanit Albert qui n'avait jamais été un cador en géographie.

– J'ai un cabinet de consultant en petits homicides furtifs. Nous faisons actuellement une promotion flash sur la disparition des corps par ignition. Je vous en parle parce que j'ai récemment fait affaire dans le quartier avec une petite dame qui avait malencontreusement assassiné à coups de ciseau à bois son mari vitrier. Elle a été très satisfaite de mes services puisqu'elle m'a mis cinq étoiles sur travaux.com, avec la mention « Travail soigné, équipe sympathique, sans dépassement de devis, je recommande », sofia Krassimir en frottant ses ongles sur le revers de sa veste pour les faire reluire.

– Ça alors, Bruce n'est donc pas coupable !, hongrit Albert.

– On devrait fêter ça avec une coupette, slovaquit Coraya qui, elle aussi, se mélangeait les pincettes topographiques.

– J'aime beaucoup votre air patibulaire qui respire l'honnêteté, Krassimir. Y aurait-il un moyen de discuter d'une éventuelle lettre d'aveux signée de votre main assassine afin de disculper un homme juste mais aux abois, poursuivi par une justice inique et aveuglée par les soupçons ?, moldavit Bruce qui, question géographie de l'Europe de l'Est, ne valait finalement pas mieux que les autres.

– Je ne suis pas contre mais ça risque de coûter un max, j'ai une affaire à faire tourner et ma femme adore le caviar, beluga le Bulgare qui ne s'en laissait pas compter.

– Est-ce que ça vous irait si je vous l'échangeais contre une Forsche ? C'est une copie coréenne de l'originale teutonne, mais elle roule. L'aile droite est légèrement éraflée à cause d'un virage serré et d'un platane mal poussé, quant à la gauche, elle est en ruine et à reconstruire entièrement. Dites oui, vous ne le regretterez pas, slovénit Bruce malgré l'effarement des autres, qui voyaient là disparaître leur dernier signe extérieur de richesse.

Krassimir répondit bancov, tope-laï, fit un petit tchèque à la bulgare avec Bruce : le poing fermé, suivi du plat et du revers de la main, du parapluie avec les bras, d'un claquement de doigts et d'une petite tape sur le cul. Une affaire rondement menée. Krassimir écrivit la lettre, la signa, récupéra les clés et s'installa au volant de l'automobile. La Forsche barrit et démarra en trompe.

– Je vais rappeler le gros avocat médiatique et hirsute qui aime pratiquer la petite polémique et m'a laissé sa carte. Il va pouvoir me disculper en direct sur le plateau, prophétisa Bruce avec frime et soulagement.

Ce fut pour lui une très bonne journée, en tout cas meilleure que celle durant laquelle il avait attrapé des mycoses aux orteils à la piscine de Palavas quand il avait 14 ans.

Au téléphone, l'avocat médiatique parut agacé par la lettre d'aveux soudaine.

– Désolé mais ce qui m'intéresse, ce sont les cas désespérés et télégéniques, je n'ai pas de temps à perdre avec un cas si bénin et futile qu'il pourrait être plaidé par une yaourtière ou n'importe quel confrère avec de grandes chances de victoire... Prière de ne plus me déranger, j'ai présentement un salafiste sur le feu et un nazillon sur le gaz, alors merci bien et bonjour chez vous, bomba-t-il son torse éminent dans le combiné.

De désappointement ténébreux, Bruce fut sur le point de défaillir en voyant s'évanouir ses rêves de parades annonciateurs d'une gloire à venir sur les plateaux de BFMTV.

– L'important, c'est que vous soyez innocent à nos yeux et que nous puissions de nouveau percevoir en vous l'être humain mâtiné de phacochère libidineux, Bruce, en espérant que vous saurez croire à mes sentiments cordiaux et respectueux, le consola Jeanne.

– Venez voir!, rissola Albert avec, dans la voix, l'excitation du premier homme à avoir réussi l'ascension d'Amanda Lear en espadrilles, tandis qu'il agitait une poêle au-dessus de la cuisinière envahie de vapeurs hépatiques.

Tous s'approchèrent pour observer la tranche de foie de veau qui frissonnait dans le gras.

– Sa mère la pute, je vais dégobiller, se signa Jeanne à la grande stupéfaction de tous, car elle n'avait même pas dit merci, bien à vous.

L'auteur s'irrita promptement : si même le plus poli de ses personnages s'égarait dans de telles outrances langagières, il risquait de se couper de son lectorat politiquement correct, soit 32 % d'après ses statistiques, ce qui représentait un manque à gagner non négligeable. Simultanément, Albert s'agaça aussi car personne ne semblait rien remarquer, alors que, bon sang, on distinguait nettement un visage dans les marbrures grillées de la tranche de foie.

– On dirait Michel Houellebecq, non ?, tenta Bruce en se jetant à l'eau même si elle était frisquette pour la saison.

– Regardez mieux, ces longs cheveux, ce visage sévère et émacié, ce vêtement ample et immaculé mais néanmoins confortable : c'est Dieu ! C'est Dieu qui nous apparaît dans le foie de veau, je crois que nous ferions mieux de nous prosterner, idolâtra Albert, les mains jointes et un sourire idiot aux lèvres.

– J'aimerais mieux que nous soyons sûrs de notre coup avant de crier au prodige. Photographions cette répugnante tranche d'organe et soumettons-la à la sagacité du comité des miracles sur le site du Vatican, s'il vous plaît, nous devons résoudre cette énigme, proposa Jeanne avec la sagesse d'un vieillard chenu.

Ils attendirent la réponse en débouchant une bouteille de mauvais vin offerte par la crémière supersonique, qui avait installé une petite cave derrière les livarots. Coraya s'assit en tailleur malgré sa minijupe, les mains posées sur ses genoux, les paumes tournées vers le ciel.

– Je sens que mes shakras sont en train de s'ouvrir en forme d'étoiles, karma-yoga-t-elle, avant de se mettre à chantonner une petite prière dans une version tibétaine et échancrée.

– Je trouve ça drôlement reposant, après les sordides faits des derniers jours, ce chapitre spirituel et mystique. Je tiens à remercier l'auteur pour cette trêve salutaire, avec mes meilleurs vœux, fanatisa Jeanne, quand soudain un ping généreux retentit en forme de réponse sous-papale.

Dans son message, le prêtre en charge de l'authentification des miracles leur signifiait cruellement que l'apparition constatée n'était hélas pas celle de Dieu, mais celle de Cédric Villani, l'ancien maire de Paris. Ce n'était ni un miracle, ni une rareté, puisqu'il était déjà apparu pas moins de quarante-deux fois dans de la polenta, vingt et une fois sur un toast grillé, seize fois sur une tranche de foie et quatre cent quatorze fois sur BFMTV.

Ils offrirent donc le foie de veau à l'effigie de Cédric Villani au chat tétraplégique qui l'avala comme une équation polynomiale de degré 2, puis ils tirèrent à la courte-poil pour savoir qui le viderait en le roulant sur lui-même au-dessus de sa caisse comme un tube de dentifrice. Bien entendu, Coraya fut désignée tant elle était épilée.

C'est le moment que choisit Claude Lelouch, le fabricant de cinéma, pour effectuer son retour, précédé de son téléphone en mode vidéo.

– Salut la compagnie, je suis venu compléter mes repérages. Je me suis aperçu en dérushant que j'avais bêtement oublié de filmer le trou dans le mur, trou dont je compte faire le personnage central de l'œuvre magistrale que je suis en train de bâtir, divagua le réalisateur, le bras tendu dans une immobilité de statue parfaite et le viseur au plus près de la béance.

Il demeura ainsi pendant quatre heures et vingt-deux minutes. Durant le premier quart d'heure, les regards subjugués d'Albert, Coraya, Bruce et Jeanne, qui n'avaient jusqu'alors guère eu l'occasion de vivre de tels moments de créativité frénétique, restèrent fixés sur le réalisateur.

– Je ne me suis pas fait autant chier que depuis la fois où j'ai été enfermé toute une nuit dans les toilettes de la gare de Sochaux à cause d'un verrou défectueux avec pour seule lecture un emballage de Pépitos, taratata Bruce avec lassitude.

Coraya s'était à nouveau accroupie à l'indienne.

– J'aime ce silence, je sens mes chakras s'ouvrir en corolles, médita-t-elle avant de se mettre à chantonner une nouvelle prière dans une version rajasthanie et décolletée.

C'est le moment que choisit Jeanne pour annoncer poliment à ses compagnons qu'elle les quitterait le lendemain. Elle leur expliqua que cette épreuve l'avait changée à tout jamais, qu'elle avait appris à découvrir en elle des ressources qu'elle ne soupçonnait pas, qu'elle les aimait tous avec leurs différences et qu'elle partait à regret, mais que l'appel du monde merveilleux de l'édition était plus fort : elle avait décidé de redevenir assistante.

– Ma chérie, à aucun moment je n'aurais soupçonné que tu sois déprimée à ce point, mélancolit Coraya en la prenant dans ses bras avant de se moucher dans son chemisier.

– Quel dommage que cette confuse intrigue nous ait empêchés de consommer notre idylle, s'étouffa Bruce dont le slip, depuis trente chapitres, commençait à ressembler au piton de la Fournaise, et qui misait tout sur la dernière nuit à venir pour échanger des sécrétions à tire-larigot.

– Et si on organisait un petit repas festif avec les protagonistes de ce roman foutraque afin de célébrer dignement le départ de Jeanne ?, s'extasia Albert en levant la tête de sa chaussette.

Il proposa d'exécuter une cuisine simple mais goûtue en relevant le foie de veau avec de la batavia. Emportés par l'élan du moment, ils décidèrent d'inviter la crémière supersonique, le médecin récent et l'avocat médiatique, avant de s'apercevoir que Claude Lelouch était encore dans la place, concentré, efficace et sublime. Ils lui proposèrent de rester dîner, car plus on est de fous, moins il y a de foie de veau. Mais le cinéaste déclina : il devait assister à un enterrement pailleté.

La crémière supersonique, enchantée de l'invitation, était arrivée la première, les bras chargés de fromages malodorants et de pain campagnard épais de la croûte – elle avait ouvert un espace boulangerie derrière les gruyères suisses. Les fromages s'étaient agglomérés au fond de son panier en une seule coulure aux couleurs chatoyantes qui n'était pas sans rappeler la chaussette d'Albert. Quant au médecin récent, il avait apporté plusieurs litres de vin italien dont les 14° d'alcool mûris sous le soleil de la côte des Pouilles (il était venu avec la contrepèterie, car elle était offerte pour l'achat de deux bouteilles) transformaient les cerveaux les plus réticents en serviette-éponge. Bruce regretta que l'avocat médiatique se soit excusé, mais celui-ci était au même moment invité à donner son avis sur BFMTV dans un débat intitulé « Tauromachie, armes chimiques, gilets jaunes et savoir choisir une glacière ». Le repas fut très gai, la crémière supersonique tartina de larges tranches de pain avec du roquebriemembert mordoré et le médecin récent distribua le vin et les anecdotes.

– C'est fou ce que vous ressemblez à Édouard Philippe, l'ancien Premier ministre de la France, chiantit soudain le médecin récent à l'attention de la crémière supersonique tout en se resservant une rasade de nectar transalpin.

Le regard de la crémière s'assombrit un peu car elle aurait préféré qu'on l'aime pour son affinage et ses pâtes persillées plutôt que pour sa ressemblance avec un ministre. Heureusement, le médecin égrena une kyrielle d'historiettes sensibles et rigolotes où il était question pêle-mêle de maladies de peau, d'escarres, d'anus artificiels et de cancers dégénératifs. Tous rirent de bon cœur.

Le fromage, fuyant la chaleur du soir, avait lentement filé du plat sur la table et commençait à couler sur les genoux des convives sans même qu'ils s'en aperçoivent, tant l'ambiance était à une réjouissance désordonnée. Quand soudain, sans que rien ne le laissât prévoir, Bruce décida de porter un toast :

– Je lève mon verre au départ de Jeanne, qui a décidé de quitter cette aventure après lui avoir presque tout donné, ainsi qu'à son intrépide beauté qui aura réchauffé nos cœurs et mon slip, montepulciana-t-il en suscitant une petite gêne frisante, surtout quand il ajouta qu'il aimerait quand même lui dire que tout ce qu'il aurait pu écrire, il l'avait puisé à l'encre de ses yeux.

– Quel dommage que Manon (ou Sophie) ne puisse être parmi nous à cause de son accident de piano, desiderata Coraya avec des petits regrets dissimulés au tréfonds de la voix.

La crémière supersonique les informa alors qu'elle possédait une licence de spiritisme avec option table tournante et qu'elle était tout à fait disposée à invoquer l'esprit de Sophie afin que sa présence illuminât la soirée sans grever les rations alcoolisées de chacun.

Ils éteignirent donc les lumières et posèrent les mains dans le fromage.

– Manon, es-tu là ? Sophie, nous sommes tous réunis et nous t'attendons en nous sustentant de petits chèvres moulés à la main dans une bergerie du Poitou et roulés dans la cendre, Sophie, réponds-nous, tape une fois si tu es là, sépulcra la crémière supersonique.

Un bruit sec retentit et fit sursauter l'assemblée.

– Quelque chose vient de tomber sur les lames de mon plancher, chevrota Bruce avec un accent du Sud-Ouest à couper au laguiole.

– Merde, mon œil, s'éborgna Coraya dans le noir spirite de cette soirée interlope.

Jeanne se leva et se mit en quête à tâtons de l'interrupteur pendant que l'auteur vérifiait la définition de l'adjectif interlope.

Soudain la lumière fut, suivie de deux surprises plus ou moins agréables. D'abord, Jeanne avait étalé du fromage un peu partout sur les murs en cherchant à allumer. Ensuite, Coraya avait disparu : l'œil gisait au sol après avoir roulé sous la table, mais sa propriétaire s'était volatilisée. Sur la chaise qu'elle occupait se trouvait à sa place un poireau bien peigné. Les convives angoissaient d'autant plus devant ce nouveau mystère que toutes les portes étaient indubitablement fermées. C'est alors que l'auteur décida de clore le chapitre, content de pouvoir conclure sur un cliffhanger de haute voltige.

Pour la protéger en cas d'intrusion, Bruce, qui ne perdait pas le Nord, proposa à Jeanne de dormir avec elle.

– Si je voulais me protéger des intrusions, le premier truc que je ferais, ce serait d'éviter de me retrouver dans le même lit qu'un phacochère lubrique. Je préfère donc dormir avec le poireau, en vous remerciant, avec mes cordiales salutations, l'émascula Jeanne avec sa voix de serpette.

Albert observa le poireau.

– Il est magnifique. Je n'en ai vu d'aussi bien peigné que chez Bio C'cool, à 74 euros le kilo, avec un peu de terre sur la touffe pour faire paysan, suspecta-t-il avant d'aller se coucher car la journée du lendemain s'annonçait intense.

Et en effet, dès le lever du soleil, Jeanne entreprit de faire sa valise.

Vint ensuite l'heure des adieux. Elle embrassa Albert, le poireau qui remplaçait Coraya et serra la main de Bruce, humilié jusqu'aux tréfonds de son slip. Tous observèrent la jeune fille traverser le jardin en agitant un petit mouchoir comme dans les films qui-contiennent-des-trains-qui-partent. L'ennui qui s'ensuivit fut aussi total que s'ils observaient des limaces. Bruce s'enferra dans ses mots croisés à genoux, Albert se mit à briquer les murs dégoulinants de fromage. Puis il frotta l'œil de Coraya sur le chat tétraplégique pour le faire briller, quand un drôle de personnage volcanique, couleur carotte, fit éruption dans la pièce. Il s'agissait d'un technicien orange qui venait créer une ligne téléphonique aux frais des ravisseurs : ces derniers venaient de s'apercevoir que la maison provençale n'était pas équipée pour les demandes de rançons. Albert suffoqua et Bruce tomba des nues malgré son slip. L'homme s'accroupit dans le salon pour y installer une prise et à peine sept heures entrecoupées de pauses légales destinées à entretenir son cancer des poumons plus tard, il se releva satisfait et brancha un téléphone. Qui se mit à sonner sur-le-champ. Albert répondit tandis que Bruce l'observait s'étrangler d'émotion.

– Ils ont Coraya et ils nous demandent 6 546 euros en coupures de 20 usagées en échange, baissa-t-il les bras, accablé.

S'ensuivit une conversation désespérée mais flexible. Pour commencer, 6 546 euros en coupures de 20, ça ne tombait pas juste du tout. En outre, Bruce trouvait qu'Albert aurait pu négocier le prix car ils n'étaient pas très riches, pour ne pas dire franchement fauchés. Enfin, rien ne prouvait que Coraya était encore vivante.

– À la télévision, dans les séries de droite, ils demandent une preuve de vie, comme une couille fraîchement coupée ou une vidéo avec *Le Figaro* du jour, complota Bruce avec un petit air de ne pas se toucher.

Puis il se gratta l'entrejambe et décida de prendre les choses en main.

– Bonjour, ici Bruce, d'*Albert et l'argent du beurre*. Je me permets de vous rappeler pour savoir si vous auriez la gentillesse de discuter du prix. Je vous signale que votre otage n'est pas de la première fraîcheur et qu'elle a un œil en moins, ça mérite bien un petit geste commercial de votre part. Oui ? C'est très aimable à vous, nous vous tenons au courant, sourit Bruce en serrant un poing victorieux car il venait d'obtenir que la somme soit arrondie à 6 000 euros.

Mais il s'aperçut qu'il avait oublié de demander une preuve de vie. Penaud, il rappela.

– C'est à nouveau Bruce, pardon mais nous souhaiterions avoir une preuve de vie de l'otage, nous ne céderons rien sur ce point. L'idéal serait une petite vidéo accompagnée du *Figaro* du jour, sans vouloir vous déranger. Vous ne lisez que *L'Équipe* ? Encore mieux !, se frotta-t-il les mains, fier de son intransigeance.

Puis ils attendirent médiocrement jusqu'au soir, terminant le vin italien sournois à la bouteille et grignotant des lamelles de foie de veau poêlé.

– C'est un peu long, je trouve. Tu leur as donné une adresse mail pour envoyer la vidéo ?, rota Albert.

Bruce se pinça les lèvres, agacé par son omission mais plus encore par le fait que tout le monde semblait compter sur lui pour ne rien oublier.

Bruce rappela les ravisseurs mais les dérangea en plein tournage, lequel ne se déroulait apparemment pas comme dans un rêve. Coraya s'était en effet entichée de quelques revendications véhémentes, relatives notamment à l'éclairage, et avait exigé un bandeau de pirate pour dissimuler sa cavité orbitale vide. Ils en étaient à la quarante-cinquième prise et elle n'était toujours pas satisfaite. Bruce leur donna son adresse mail et comprit au ton des ravisseurs qu'ils étaient à deux doigts de s'exaspérer, ce qui lui apparut plutôt comme une bonne nouvelle, dans l'hypothèse d'une renégociation.

Avec Albert ils attendirent deux bonnes heures l'arrivée de la vidéo, laquelle s'avéra tout à fait réussie. On y voyait Coraya assise sur une chaise en plastique orange, vêtue de ses habits de la veille et du fameux bandeau sur l'œil, devant un mur grisâtre et sous une ampoule nue pendouillant au plafond. Elle interpréta *Le Lundi au soleil* a cappella, en moulinant des bras avant de prendre l'air meurtri qui convenait mieux à ses conditions déplorables de détention :

– Je m'appelle Coraya, nous sommes lundi, je suis détenue par trois hommes bruns dont un moustachu, je vais bien compte tenu de l'exiguïté, de l'inconfort et de la saleté de l'endroit. Surtout n'appelez pas la police car on sait le talent qu'ont ces gens-là pour compliquer les situations. La somme de 6000 euros a été convenue entre les deux parties afin de procéder à ma libération. La rançon, en petites coupures usagées de 20 euros, doit être déposée chez la crémière supersonique, qui a créé un point-consigne derrière les bleus d'Auvergne. Merci de répondre rapidement aux attentes de mes ravisseurs car ils m'ont déjà confisqué mon maquillage et envisagent d'autres représailles douloureuses en cas de retard, pleurnicha-t-elle.

Puis elle brandit la une de *L'Équipe* du jour, avant d'en tourner les pages en plan serré.

Une voix, celle de l'un des ravisseurs, retentit soudain :

– Dis donc, Krassimir, on n'avait pas dit 6546, pour la rançon ? Je dis ça parce que j'ai déjà dépensé 546 euros sur CDiscount en petit électroménager futile destiné à mettre un peu de soleil dans ma vie, comme un pèle-pommes à roue et un épile-bouloche électronique. D'ailleurs, je ne t'ai pas dit mais comme je suis présentement entre deux appartements, je me suis permis de tout faire livrer chez ta mère, 24 rue Henri-Barbusse, 93430 Villetaneuse.

S'ensuivirent quelques éclats de voix superposées qui laissaient supposer une dispute, puis le film se termina abruptement. Au même moment, l'auteur reçut un mail de Jean-Christophe Flammard, des formidables Éditions Flammard (le rêve de tout écrivain) :

« *Monsieur,*

Nous avons bien pris livraison des deux premiers tiers de votre opus Albert et l'argent du beurre. *Les membres de notre comité de lecture ont dû être traités pour des conjonctivites aiguës doublées de dépressions. Votre livre est d'une redoutable constance : tout est exécrable, du titre au chapitre 7 – nous avons interdit à nos lecteurs d'aller au-delà, de peur qu'ils ne se défenestrent. Dans un instant d'empathie dont il n'est guère coutumier, l'un de nos éditeurs a proposé de tenter un coup éditorial en publiant votre manuscrit accompagné du bandeau "Le livre le plus nul du monde". Mais nous avons eu tôt fait d'évacuer cette idée consternante, nous sommes une maison sérieuse et avons une réputation à tenir, toutefois nous vous conseillons de vous souvenir de cette suggestion au cas où votre "œuvre" rencontrerait l'adhésion d'une maison moins regardante sur la qualité de sa production. Nous avons également décidé, dans un rare élan de générosité, de ne pas vous réclamer la somme de 124 euros bruts octroyée en avance exceptionnelle sur vos éventuels droits d'auteur. Nous espérons qu'en échange, vous aurez la décence de ne plus nous solliciter pour quelque projet que ce soit.*

Cordialement, Jean-Christophe Flammard »

Le coup fut dur à avaler, tant l'auteur avait mis d'ardeur enthousiaste à la tâche. Il se sentait trahi, abandonné, incompris. Sur le moment, il eut même envie d'être attaché à un lustre et de s'y faire fouetter la verge avec des chardons par une équipe féminine de natation synchronisée, mais il décida finalement de se préparer un thé. Il observa quelques instants Bruce s'absorber dans la lecture de *L'Équipe* en faisant des arrêts sur image de la vidéo. Puis Albert demanda à son acolyte de se dépêcher car les ravisseurs allaient rappeler : il fallait dénicher 6 000 euros illico, ou trouver un moyen de gagner du temps.

L'auteur, de son côté, songeait qu'il allait falloir en finir d'une manière ou d'une autre. Il n'entrevoyait guère que deux possibilités : l'apparition impromptue d'une valise contenant 6 000 euros pour payer cette putain de rançon et qu'on n'en parle plus, ou la chute accidentelle d'un missile à tête nucléaire sur la maison provençale. Il décida de dormir un peu, au cas où une troisième voie s'imposât à son esprit.

– Comment on va faire ? Il nous reste 6,70 euros et j'ai un avoir de 4,50 chez la crémière supersonique qui n'avait pas la monnaie sur 10 euros hier, larmouilla Albert, la langue pendante, alors que son tricotage exalté avait ajouté 20 centimètres à sa chaussette qui approchait vertigineusement des 19 mètres.

– On pourrait vendre le mobilier de la maison ?, conforama Bruce avec, dans la voix, la désespérance de l'homme au bout du rouleau qui, n'entrevoyant nulle autre issue, envisage d'acheter une voiture française.

Soudain, le téléphone sonna.

Bruce bâilla à s'en décrocher la mâchoire – et le combiné. La voix de Krassimir tonitrua dans son oreille, l'air très agacé. Il disait que ça suffisait ces tergiversations, ces ronds de jambe, ces circonvolutions et tous ces passe-droits que s'octroient les puissants. Alors Bruce tenta le tout pour le tout :

– Écoutez, mon brave, nous avons un problème d'ordre pécuniaire. Je n'irai pas par quatre chemins : nous n'avons pas, à 5 988,80 euros près, réussi à réunir la somme exigée. Mais nous mobilisons d'ores et déjà toute notre énergie afin de parvenir à une solution de remplacement susceptible de vous satisfaire et d'éviter de créer une coagulation des mécontentements, notre objectif étant toujours de réconcilier et d'unir, même si ça ne se fera pas en un jour, pas dans l'inaction, ni en se soumettant à la tyrannie des minorités qui se sont habituées à ce qu'on leur cède, macrona-t-il avec un petit accent libéral et goguenard.

– Que proposez-vous ?, circonspecta Krassimir.

– Des meubles, ikéa Bruce avec une mâle assurance.

Silence au bout du fil, qui permit à Bruce d'entendre Coraya chanter à tue-tête une version personnelle d'un crossover Claude François / Francis Cabrel qui donnait plus ou moins un machin comme : « Kekechôse vieng de tombeeer sur les ba-rra-cu-daaas. »

– C'est OK, baissa les bras Krassimir, épuisé par son otage.

Ils décidèrent de procéder à l'échange une heure plus tard.

Mais au même moment, l'auteur reçut un mail de Joëlle de la Friche qui ressemblait fort à une merveilleuse nouvelle : mue par cet élan irréfléchi qui étreint parfois les éditeurs et se termine neuf fois sur dix en naufrage financier, elle proposait d'imprimer *Albert et l'argent de beurre* contre une avance sur droits à ce point imposante qu'elle défiait les lois communément admises dans le métier. Une exigence, cependant : ne pas excéder 140 000 signes car, disait-elle avec un certain bon sens écologique, sortir un livre c'est tuer des arbres, même si parfois c'est aussi sauver des fesses puisque, par un juste retour de bâton, les invendus sont pilonnés pour être recyclés en papier toilette. En lisant son message, l'auteur ne put réprimer un frisson à l'idée de s'être possiblement déjà torché le cul avec ce qui fut un jour un roman de Michel Houellebecq, mais le bonheur d'imaginer son ouvrage sur une table de librairie l'emporta sur tout le reste et lui barra le visage d'un sourire triomphant. L'auteur vérifia le compteur de son logiciel : il en était déjà à 135 166 signes. Il allait devoir conclure rapidement, et si possible avec panache, cette rocambolesque aventure.

On frappa à la porte. Albert et Bruce se levèrent d'un bond, tendus comme des girafons nouveau-nés en mal de lait à qui on aurait fait croire que leur mère était un basset artésien. Coraya entra la première en faisant claquer ses talons, moulée dans sa mini-robe ras-le-paquet.

– J'imagine que je dois vous remercier ? J'ai vécu l'enfer chez les Moldaves, ces types ont été élevés par des ours à mon avis, je vous raconte pas le tableau, on aurait dit le zoo de Budapest, serbit-elle avec ses approximations coutumières.

Krassimir entra en maugréant qu'il était bulgare. Derrière lui arrivèrent Hristo et Jean-Paul, dont la mère était creusoise. Tous trois se ressemblaient comme deux gouttes de vodka, à quelques poils près.

– Hristo, va récupérer les meubles de la chambre, dit Hristo.

– Moi, c'est Jean-Paul, c'est toi Hristo, répondit Jean-Paul.

– Et moi, je suis lequel, au fait ?, continua Krassimir, complètement perdu.

– Ça suffit, allez hop, on embarque tout, cria Krassimir, ou Jean-Paul, ou Hristo.

Ils décidèrent de passer par la fameuse porte du fond qui donnait sur le parking du Super U de Villetaneuse, puisqu'ils y avaient donné rendez-vous à Lubomir et à sa camionnette de déménagement. La maison fut vidée en soixante-quatre minutes, les ravisseurs emportèrent tout, y compris la chaussette de presque 19 mètres d'Albert, le chat tétraplégique et les mots croisés de Bruce. Coraya obtint de haute lutte de pouvoir garder son œil de verre, ce fut là leur seule concession. Navrés par ce spectacle de déchéance, Bruce, Albert et Coraya saluèrent les Bulgares et refermèrent la porte à clé.

– Voilà, nous ne sommes plus que trois, montenegra Coraya, qui avait davantage progressé en calcul mental qu'en géographie.

Et tous trois s'assirent par terre en attendant la fin du livre.

– On s'ennuie, mélancolia Albert, orphelin de sa chaussette.

– Ils auraient au moins pu nous laisser quelques coussins, râla Bruce en se massant l'arrière-train.

– Vous avez vu ? Il y a de la lumière qui filtre du trou dans le mur. Est-ce que quelqu'un a déjà regardé ce qu'il y avait derrière ?, se leva Coraya sans attendre de réponse. Zut, on ne voit rien, déconvenut-elle avec une pointe d'amertume.

– Tu es en train de regarder avec ton œil de verre, essaie avec l'autre, se désespéra Bruce.

Coraya suivit son conseil et poussa un cri d'oisillon tombant du nid dans une brouette de fumier.

– Ça alors ! Il y a une pièce derrière ! Je vois un lit, une petite armoire et un bureau sur lequel est posé un ordinateur relié à une imprimante crépitante qui crache des feuilles en rafales. Et il y a un homme aussi, plus tout jeune, grisonnant, avec une tête à prendre le métro et des petits cafés au comptoir. Il est en train de vider toute son armoire dans une valise, se médusa Coraya.

Bruce voulut voir à son tour, puis laissa la place à Albert.

– Il a récupéré les feuilles imprimées et il les glisse dans une chemise sur laquelle est écrit *Albert et l'argent du beurre*. C'est sans doute l'auteur du livre, hasarda ce dernier. Il fait ses bagages avant de disparaître.

L'auteur, effectivement, n'avait pas l'intention de s'éterniser. Il venait d'apprendre que Jean-Christophe Flammard, des tentaculaires Éditions Flammard (le rêve de tout écrivain), qui possédait entre autres les Éditions Joëlle de la Friche, venait d'interdire à ces dernières de publier *Albert et l'argent du beurre*. L'auteur s'était alors souvenu d'un sondage exprimant que 87 % des Français souhaitaient écrire un livre avant de mourir. Une telle proportion d'imbéciles inconscients lui glaça le sang. De dépit, il réduisit en confettis le fameux ouvrage de Jérôme Page, *Écrire un best-seller pour les nuls*, dont l'inutilité crasse venait de lui apparaître dans toute sa flamboyance.

Il décida de conclure sa désastreuse aventure littéraire en un dernier chapitre cataclysmique avant d'aller se terrer dans l'un des derniers petits coins de campagne où les oiseaux chantaient encore, pour y construire un pétulant potager et abandonner l'écriture aux auteurs qui ont pour seconde nature une incoercible tendance au masochisme et à l'humiliation.

Subitement des coups retentirent. Coraya ouvrit la porte. Un homme, engoncé dans une longue robe noire et sous une capuche qui maintenait son visage osseux dans une ombre inquiétante, lui faisait face ; il portait un bidon d'essence à la main.

Albert et Bruce approchèrent.

– Bonjour, je suis la fin du livre, borborygma l'homme en noir avec un accent de pierre tombale et une haleine de cadavre.

– Merde, on dirait la mort dans les films de trouille, flageola Coraya.

Tous le trouvaient franchement flippant et lui demandèrent, en vain, de se découvrir.

– Il faut partir maintenant, messieurs dame, c'est fini, faucha l'homme d'une voix caverneuse tout en déversant le contenu de son bidon sur le parquet.

– Venez avec moi, j'ai cassé mon PEL il y a quelques semaines et je dispose de 26 euros, je peux vous payer une formule sandwich ou quiche + boisson chez la crémière supersonique qui a ouvert un espace salon de thé derrière les vieux cheddars, frémit de peur Albert.

Bruce et Coraya jugèrent la proposition décente et loyale, et tous trois se mirent en chemin.

– On nous prend tout et on nous jette comme de vulgaires objets dès qu'on n'a plus besoin de nous, toussa Coraya.

– Je peux vous dire que si on nous rappelle pour un second tome, ils vont devoir sortir le chéquier, s'emballa Bruce.

– Il n'y aura pas de deuxième tome, tout est déjà en train de cramer, c'est la fin, pitoya Albert.

Derrière eux la maison avait en effet commencé à flamber comme une banane au kirsch. Quelques flammèches emportées par une bourrasque leur léchèrent les épaules, des relents de bois, de plastique et de foie de veau brûlés leur titillèrent les narines. Ils s'enfoncèrent alors courageusement et au jugé dans le noir brouillard qui tapissait tout.

– Ça pourrait être pire, on pourrait être morts, conclut l'un des personnages sans que l'on puisse franchement deviner lequel parce que, déjà, tout avait disparu.

CHEZ LE MÊME ÉDITEUR

CHARLIE CHAPLIN

mon tour du monde

TRADUCTION DE L'ANGLAIS DE MOEA DURIEUX

Février 1931 : Charlie Chaplin (1889-1977) rejoint son Angleterre natale pour y présenter son dernier film, Les Lumières de la ville. *Abattu par des problèmes personnels, déstabilisé par l'avènement du cinéma parlant, il ressent le besoin de s'éloigner de son travail, de ses affaires et des États-Unis, son pays d'adoption.*

Une fois à Londres, il décide d'entreprendre un tour du monde qui le mènera, au gré de ses rencontres, en Allemagne, en Autriche, en Italie, en France, en Algérie, en Espagne, en Suisse, au Sri Lanka, à Singapour, en Indonésie, au Japon. Au faîte de sa gloire, il est accueilli à chacune de ses étapes comme une véritable star et est reçu par les personnalités – politiques, artistiques et scientifiques – de l'époque : Winston Churchill, Marlène Dietrich, Albert Einstein, H. G. Wells, Aristide Briand, Gandhi, Albert Ier de Belgique…

S'il est grisé par sa notoriété, Charlie Chaplin reste des plus attentifs à la crise qui secoue alors le monde. Il observe, écoute, analyse, s'engage. Ce voyage de près d'un an et demi confortera le cinéaste dans ses préoccupations : à son retour aux États-Unis, il réalisera Les Temps modernes *en 1936 et* Le Dictateur *en 1940, illustrations éminemment économique et politique des constats que Chaplin aura faits lors de son tour du monde.*

Passionnant : on y découvre les méthodes de travail de Chaplin, sa minutie, sa générosité envers les défavorisés, mais aussi, en filigrane, cette douleur qui ne le quitte jamais, douleur venue d'une enfance terrible, dans des rues froides, des bouges crasseux, des chambres fangeuses.

FRANÇOIS FORESTIER, *L'OBS*

CHEZ LE MÊME ÉDITEUR

YVES GOURVIL

requiem des aberrations

Un vieil entrepôt crapoteux en banlieue nord de Paris, que le narrateur découvre à l'invite de son meilleur ami, Moïse Chant-d'Amour. À la faveur d'un très gros héritage à venir, celui-ci lui annonce qu'il compte transformer ce lieu insalubre en parc d'attractions voué à l'opéra et à la musique classique. L'affaire paraît insensée. Et pourtant, dans ce dépotoir où rien n'arrive jamais, tout semble vouloir être possible, y compris qu'un squat de clandestins et de sans-logis cosmopolites y élise domicile, qu'une chorale y chante du Wagner et du Schubert, qu'un jeune Africain y découvre ses talents d'équilibriste, qu'un SDF y fasse pousser le potager de ses rêves, qu'un crime vieux de trente ans y soit élucidé, qu'un anarchiste forcené y trouve la foi, qu'un jeune immigré considéré comme l'idiot du village se révèle le plus grand contre-ténor de son temps…

Au gré de toutes ces situations insolites, Yves Gourvil livre un récit trépidant, tout au long duquel burlesque et tragique se mêlent, portés par une palette de personnages hauts en couleur.

Vous retrouverez l'ensemble des morceaux de musique qui ponctuent ce roman en flashant le code ci-dessus ou en vous rendant sur la page : www.deezer.com/playlist/1530246221

Nourri d'une langue imagée et truculente, ce premier roman est une invitation à la solidarité, aux retrouvailles avec une belle humanité et à la fugue musicale ! Vous allez vous régaler !

VALÉRIE CAFFIER, LIBRAIRIE LE DIVAN

CHEZ LE MÊME ÉDITEUR

JIM TULLY

circus parade

TRADUCTION DE L'ANGLAIS (ÉTATS-UNIS)
ET PRÉFACE DE THIERRY BEAUCHAMP

Jim Tully définissait lui-même Circus Parade *comme l'une de ses « œuvres des bas-fonds ». Précurseur du roman noir américain, il livre dans ce récit mosaïque, à l'écriture rapide et syncopée, un chapitre de son adolescence tumultueuse : son passage dans un cirque où il côtoya des personnages hauts en couleur – pour le meilleur parfois, et souvent pour le pire : acrobates, dompteurs de lions, dresseurs d'éléphants, monstres de foire, rabatteurs, manœuvres…*

Circus Parade *rencontra, à sa parution en 1927, un succès immédiat, aussi bien auprès du public que de la critique. Bref, tout aurait été pour le mieux si Jim Tully n'avait pas essuyé les tirs croisés des censeurs et des défenseurs du cirque, notamment la Circus Fans' Association of America. Tout au long de sa carrière littéraire, qui débuta avec le succès de* Vagabonds de la vie, Autobiographie d'un hobo, *Jim Tully souleva l'indignation des ligues de vertus et des gardiens de la morale. Or son œuvre nous offre un éclairage précieux sur le monde des nomades, des marginaux, des persécutés et des va-nu-pieds de l'Amérique du début du XXe siècle.*

La lucidité de Jim Tully fait de lui un héraut des bas-fonds digne de Mark Twain ou Maxime Gorki, portant jusqu'à nous la voix des marginaux et des persécutés qu'il a côtoyés. DOMINIQUE AUTRAND, *LE MONDE DIPLOMATIQUE*

Après *Vagabonds de la vie*, voici *Circus Parade*, autre récit de vie picaresque dans le sud des États-Unis, où Tully raconte son expérience d'errance au sein d'un cirque. On y goûte à nouveau une prose à la fois simple et chatoyante (chapeau le traducteur !), avec cette syntaxe aussi cabossée que les existences auxquelles se frotte le narrateur. SEAN ROSE, *LIVRES HEBDO*

CHEZ LE MÊME ÉDITEUR

TABISH KHAIR

comment lutter contre le terrorisme islamiste dans la position du missionnaire

TRADUCTION DE L'ANGLAIS (INDE)
D'ANTONIA BRETEUIL

Aarhus, au Danemark. Le narrateur, un Pakistanais athée et pragmatique, vit en colocation avec Ravi, un Indien flamboyant et sceptique, et Karim, Indien lui aussi, qui partage son temps entre son travail de chauffeur de taxi et sa pratique austère de l'islam. Alors que le narrateur tente de se remettre de son récent divorce et que Ravi tombe éperdument amoureux d'une Danoise, les trois hommes se retrouvent brusquement mêlés à une affaire où règnent soupçons, méfiance et peur. Karim est-il le dangereux terroriste que le narrateur voit en lui ? Pourquoi disparaît-il si régulièrement ? Dans ce roman audacieux, Tabish Khair met en lumière, avec humour et vivacité, la mince frontière entre foi et fanatisme, jugement et préjugé, destin individuel et histoire collective.

Presque trente ans après le livre de Dany Laferrière (*Comment faire l'amour avec un nègre sans se fatiguer*), Tabish Khair transpose magistralement cette chronique de l'émigré dans un Danemark en proie aux questions actuelles de nos sociétés, face à l'extrémisme religieux, à l'évolution des mœurs, à la mondialisation. Pas de Haïtiens ici mais des Indo-Pakistanais que des circonstances diverses ont amenés à vivre dans une société de blonds aux yeux clairs. Tabish Khair nous conduit très habilement, avec légèreté et humour, dans une intrigue qu'il nous distille avec une certaine dérision, une distance amusée, qui pourtant ne néglige pas la profondeur du propos. On ferme le livre avec la nostalgie de quitter ces sympathiques garçons. Yaar (argot hindi à découvrir dans le glossaire ourdou-hindi en fin d'ouvrage !).

LIBRAIRIE DU RIVAGE

Achevé d'imprimer en janvier 2020,
sur les presses de la Nouvelle Imprimerie Laballery,
58500 Clamecy.
Numéro d'imprimeur : 912435

Cet ouvrage est imprimé, pour la couverture,
sur du Munken Polar Rough 300 g
et, pour l'intérieur, sur papier bouffant Munken Print White 90 g,
provenant de la gestion durable des forêts.